湯島天神坂
お宿如月庵へようこそ

三日月の巻

中島久枝

ポプラ文庫

湯島天神坂

お宿如月庵《きさらぎあん》へようこそ

三日月の巻

中島久枝

プロローグ

お宿如月庵《きさらぎあん》は上野《うえの》広小路《ひろこうじ》から湯島天神《ゆしまてんじん》に至る坂の途中にある。坂を上れば武家屋敷や昌平坂《しょうへいざか》学問所がある本郷《ほんごう》界隈で、坂を下れば賑やかな繁華街の上野広小路、庶民の町だ。不忍池《しのばずのいけ》もすぐそこで、夕闇が迫り、灯りがつく頃ともなれば、姐さんたちがつまびく三味線の音が聞こえてくる。真面目な顔をしたお侍さんも、ほろよい気分で酒を楽しんでいる。

如月庵は知る人ぞ知る小さな宿だがもてなしは最高だ。板前の料理も風呂もよいが、とりわけ心ひかれるのは、かゆいところに手の届くような気働きのある部屋係だというのは常連の言葉である。

しかし、如月庵にはひみつがあるらしい。

常の宿を訪れないような幕府の重鎮がお忍びでやって来る。かと思えば、なにやら訳が有りそうな輩《やから》が出入りする。

宿で働く者たちも武芸に秀でていたり、おそろしく記憶力が良かったり、一癖ある者たちがいるという。

仲居頭の桔梗《ききょう》はやせて手足が長く、骨ばった体つきをしている。いつも背筋をぴんとのばし、お客が何を求めているのか頭をめぐらせて完璧な仕事をする。おかみのお松《まつ》や板前の杉治《すぎじ》、下足番の樅助《もみすけ》が全幅の信頼を寄せ、若い部屋係たちは尊敬しつつ恐れている。

桔梗は武家屋敷が苦手である。武家屋敷のあるあたりを歩いていると、心が波立つ。それを知ったら、宿の者たちは驚くだろう。その日もどうしてもはずせない用事があって本郷の武家屋敷に向かった。

本郷にある加賀《かが》様の屋敷は広大で、脇の道は細く、高い塀に囲まれている。塀の中から長く伸びた枝が小道に黒々とした影を落とし、真昼というのに薄暗い道がどこまでも続く。蝉がうるさく鳴くばかりである。

「涌衣《ゆい》か？　篠沢《しのざわ》涌衣だろ」

かつての呼び名で呼ばれて桔梗は思わず振り返った。

「やっぱり、そうか？　忠輔《ただすけ》だ。染井《そめい》の家の」

えらの張った四角い顔に大きな鼻柱、細い目をした壮年の男が立っていた。背はさほど高くないが、太い首と厚い胸板をしている。

桔梗は男の顔をまじまじと眺めた。

目元に見覚えがある。

もしかして……。

「ちゅう兄《にい》？」

思わず昔の呼び名で呼ぶ。

「そうだよ。懐かしいべ。何年ぶりだろう」

お国言葉で言って忠輔は楽しそうに笑った。無骨な顔が思いがけず、やさしくなった。桔梗はふるさとの海の匂いを嗅いだ気がした。

「ちょうど二十年ぶり」

「お前、いくつになった？　俺は今年三十四だ」

「私は三十三よ」

「お互い年をとるわけだ」

桔梗は遅く生まれた子供で兄は十歳も年上だった。近所に住む一つ年上の忠輔を兄のように慕ってついて歩いていた。

「よく私と分かったわねぇ」

「分かるさ。後ろ姿が波栄《なみえ》様そっくりだ」

忠輔は亡くなった桔梗の母の名を言った。

「二十年か。涌衣は波栄様の年を越したか？」

桔梗はそれには答えなかった。静かな沈黙があった。

ふるさとは北国《ほっこく》の小藩、浜中《はまなか》藩だ。篠沢の家は家老に次ぐ役職であった。だが、二十年前、ある事件が起こった。藩の家老の横暴に反旗を翻した者たちがいたのだ。詳しいことは分からない。計画は失敗し、争いは半日で終わった。捕らえられた者たちには厳罰が処された。桔梗の兄も連座《れんざ》していたとして切腹。父も続いた。病に倒れた母は亡くなり、十三歳だった桔梗は人を頼って江戸《えど》に来て、如月庵で働くこととなった。

「涌衣は今、どこにいる？　何をしている？」

忠輔がたずねた。

桔梗はうつむいた。

「私はもう涌衣ではないんです。桔梗と呼ばれて宿の部屋係をしています。昔のことは忘れました」

宿の名前を聞かれたが桔梗は伝えなかった。忠輔は何か言いたそうにしていたが、先を急ぐと言って別れた。

深夜、如月庵の戸をそっとたたく者があった。

下足番の樅助が細く戸を開くと、医者の宗庵《そうあん》の丸い体が見えた。宗庵は本郷で開業している町医者だ。背が低く、よく太って、こん棒のような腕をしている。口は悪いが腕は確かで、面倒見がよい。金のない者にも親切なので、病院はいつも患者で溢れている。

「夜分に申し訳ないね。ちょいと急病人が出ちまった。こちらの離れにおいていただけないだろうか。あいにくうちの方はほかの病人で手いっぱいでね。どうやら身分のある子らしいんだ」

宗庵は声をひそめて言った。「子供ですか?」樅助は聞き返した。

「ああ、立派な身なりをしている」

「先生のお願いとあっちゃ、断れませんよ。今、おかみを呼びます。北の離れのほうに回ってください」

樅助はすぐにお松を呼び、お松は桔梗に声をかけた。桔梗は寝巻の上に羽織をひっかけ、すぐ北の離れに向かった。手早く部屋を整え、床を延べた。

離れの雨戸を開けると、宗庵の傍らに、子供を背負った弟子の桂次郎《けいじろう》がいた。その背後に身を隠すように忠輔が立っていた。

桔梗は「あっ」と小さく叫んで忠輔の顔を見つめた。忠輔は桔梗の視線を避けるようにうつむいた。

短い沈黙があった。

忠輔は顔をあげると、今度は落ち着いた様子で言った。

「申し訳ありません。もともと体の強い方ではなかったのですが、長旅で疲れたのかもしれません。高熱を出しています」

忠輔が言うと、宗庵が続けた。

「十日も山路《やまみち》を来たんだってさ。無茶するよな。大人だってつらいのに、疲れ切っちまうよ。ゆっくり休んで、たくさん食べれば治る。とりあえず、うちの桂次郎をつけるから、朝まで頼む」

桂次郎は長崎《ながさき》で医術を学び、宗庵の元で修業を積んでいるという若者だ。宗庵はお松にそれだけ言うと、さっさと帰って行った。

桔梗が案内し桂次郎が子供を寝かせた。忠輔が心配そうに付き添っている。

一目で位《くらい》のある武家の子息と分かる身なりをしていた。六歳ぐらいだろうか。やせて体が細く、色が白く、女の子のように整ったやさしげな顔立ちをしていた。

薬が効いて来たのか、すやすやと寝息をたてはじめた。

おかみのお松が握り飯とお茶を持ってきた。

「驚かせて申し訳ありません」

忠輔がかしこまって言った。

「どういうお子さんなのですか？」

お松がたずねた。

「浜中藩の前の藩主、勝正《かつまさ》様のご嫡男です。長い話になりますが、聞いていただけますでしょうか」

忠輔は語り始めた。

「浜中藩は北国の小藩です。関ヶ原《せきがはら》の合戦の折、藩主を助けたのが蔦野《つたの》の祖であります。以来、蔦野家は浜中藩筆頭家老となり、重職のほとんどは一族が占めています。時とともに、蔦野一族は私腹を肥やすようになりました」

浜中藩は平野は少ないので稲作には向かないが、海の幸、山の幸に恵まれている。春には鮎、秋には鮭《さけ》の遡上《そじょう》があり、鴨《かも》が飛来する。山菜や松茸やめずらしい茸《きのこ》も豊富に採れる。そうした産品は江戸に送られ、財をもたらした。

「二十年前、筆頭家老の蔦野岩衛門《いわえもん》が鴨の飛来地を狩場として召し上げ、鴨を捕らえました。土地を取り上げられた百姓たちは困窮しました。さらに、川を遡上する鮭はすべて藩のものとしました。漁師たちは飢えました。そうした横暴に反旗を翻した者たちがいました」

だが、計画は失敗する。先手を打たれて、蔦野の手の者に捕らえられた。わずか半日のことだった。加わった者たちには厳罰がくだされ、多くの者が腹を切った。実際にその場にいなくても、賛同したとみなされ、同罪となった。桔梗の兄もその一人であった。父は申し訳ないと言って自害した。藩主の勝正は藩主の座を弟の春《はる》政《まさ》に譲り、屋敷に引きこもった。

「蔦野一族を抑える者はいなくなりました。役職を独占し、私腹を肥やしました。民は疲弊し、藩の財政がひっ迫しました。蔦という植物は樹木にからみつき、光を浴びて繁茂し、ついには樹木を枯らすことがあると言います。蔦野一族はまさにそうした存在なのです」

忠輔は目に涙を浮かべた。

「私はあの頃はまだ子供でした。何もできなかった。けれどその悔しさは胸のうちに深く刻まれました。多くの心あるものがそんな風に日々を過ごしていたのです。穏やかな日々が過ぎたように見えました。けれど、守継《もりつぐ》様が生まれると周囲は少しずつ変わってきました。そして、昨年、勝正様が亡くなると不穏な出来事が頻発するようになりました」

「お子さんの身に危険が迫ったということですか？」

お松がたずねた。

「その通りです。十日ほど前、屋敷に火がつけられ、その騒ぎに乗じて奥方がさらわれました。我らは守継様を連れて屋敷を出ました。そして、江戸を目指しました。交代で背負ってきましたが、山中で雨に打たれたり、野宿をしたこともあります。やはりお疲れだったのでしょう」

忠輔はじっとお松の顔を見た。

「幸いなことに我らを支援してくださる方々もいらっしゃいます。時を待って、守継様を国元にお返ししたいと思っております。それでお願いです。しばらくこの宿においていただくことはできないでしょうか。浜中藩の生まれの桔梗さんがいるのも何かのご縁。また、こちらには高位の方も宿泊されるとうかがいました。ここよりほかに、守継様が心安らかに居られる場所はないと思うのです」

お松はしばらく考えていたが、言った。

「分かりました。守継さんが元気になるまでこの北の離れをお使いください」

第一夜

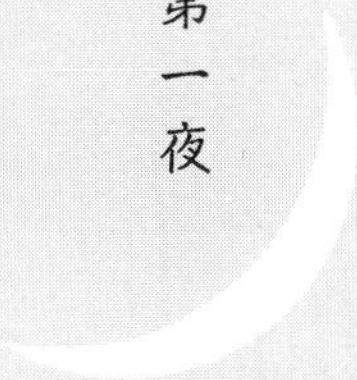

おからはきらずというけれど

1

如月庵の朝は早い。

一番に起きるのは板場の見習いの竹助《たけすけ》である。外がまだ暗いうちに起き出して、水をくみ、火をおこす。

その間、板前の杉治は裏庭で自ら考案したという手足の鍛錬を行い、途中から仲居頭の桔梗が加わり、小柄《こづか》と体術の稽古をする。やがて下足番の樅助という老人が来て、乾布摩擦《かんぷまさつ》をはじめる。樅助は並み外れた記憶力の持ち主で、夜中ふと目が覚め、あれこれ思い出しているうちに目が冴えて朝になるそうだ。

その頃になると仲居や男衆たちも次々起きて来る。

十六歳の梅乃《うめの》も裏庭に来た。梅乃は浅黒い肌にひきしまった体、くりくりとしたよく動く目が愛らしい娘だ。如月庵の部屋係になって半年。だいぶ慣れて来たとはいえ、まだまだ至らないところも多い。

「桔梗さんは？」

梅乃はあたりを見回して言った。毎朝、長い手足で鋭く空を切っている桔梗の姿がない。

「おや、そういや、いねぇな。めずらしいねぇ」

縦助が腕をぐるぐると回しながら言った。

「梅乃、何やっているの。早く、早く」

その時、竹ぼうきを持った紅葉《もみじ》が走って来た。紅葉は一つ年上の十七歳。目尻のさがった眠そうな目とぽってりと厚い唇をしている。首も手足も細いのに、胸だけが鞠を入れたように前に突き出ている。

梅乃を急《せ》き立てるが、最後まで布団にもぐっているのは紅葉の方で、今日も先輩のお蕗《ふき》に布団をひきはがされてやっと目を開けたに違いない。

だが、それからの紅葉は素早い。

あっというまに着換えをすませ、顔を洗い、手鏡をのぞいて髪を整え、ほんの少しだけ紅をさす。

紅葉が急ぐのには訳がある。

剣道の朝稽古に向かう城山晴吾《しろやませいご》が坂を上って来る。紅葉は毎朝、晴吾におはようを言うために通りの掃除を買って出ているのだ。

二人が通りを掃いていると、すらりとした晴吾の姿が見えた。長身の晴吾の脇には十歳の真鍋源太郎《まなべげんたろう》もいる。

「晴吾さん、源太郎さん、おはようございます」

紅葉は元気のいい晴れやかな声で挨拶した。

「紅葉さん、梅乃さん、おはようございます。今日も暑くなりそうですね」

晴吾はさわやかな笑みを浮かべて返す。

さわやかという言葉は、この若者のためにあるのではないだろうか。鼻筋が通り、色白で品のいい面立ちをしている。頭脳明晰で明解塾《めいかいじゅく》という和算《わさん》塾では師範代《しはんだい》を務めている。剣道も最近は腕をあげているらしい。

しかも偉ぶったところが少しもなく、紅葉や梅乃にも親しげに対してくれる。おかみのお松の言いつけで梅乃と紅葉は晴吾に和算を習っているのだが、けっして出来がいいとは言えない二人に、晴吾は辛抱強く、やさしく教えてくれるのだ。

「源太郎さん。朝稽古、休まず続いていますね」

梅乃が源太郎に声をかける。初めて会った時はやせてひ弱な感じがしたが、わずかの間に肉がついて顔つきがしっかりとしてきた。

「昨日は先生に褒められました。剣道も楽しいです」

源太郎は大きな声を出した。

「いってらっしゃいませ」

紅葉と梅乃は声を合わせる。

晴吾と源太郎の背中が遠ざかっていく。

その姿を眺めながら、紅葉がぽつりとつぶやいた。

「ねぇ、梅乃。あたしたちがこんな風に晴吾さんに和算を習ったり、親しく挨拶できるのはいつまでなんだろうね」

「そうねぇ。ずっとってわけにはいかないよねぇ」

「晴吾さんだってそろそろ奥方をもらうだろうし、その前にお役目をいただいてどこか行ってしまうかもしれない」

晴吾は最近、暦《こよみ》をつくる仕事を手伝っていると聞いたが、本格的に幕府のお役に立つ日も遠くないだろう。

「それを考えると心が痛くなる」

紅葉は胸を押さえた。

どんなに好きでも、晴吾は遠い。手の届く人ではない。

「だから、あんまり好きにならないようにと思うんだけどさ」

その日が来たら、紅葉は泣くだろうか。

それとも、けろりとして、また別な憧れの人を見つけるのだろうか。

梅乃は紅葉の肩をそっと抱いた。

その時、長身の男が北の離れの方から出て来た。そのまま、わき道を通って帰っていく。

「あれ？　あの人……」

梅乃が首を傾げた。

「なに？」

「今、男の人が通ったみたいだから」

「そう？　分からなかった。御用聞きか何かじゃないの」

紅葉は竹ぼうきをぐるぐると回しながら、裏庭の方に向かって歩き出した。梅乃も集めた落ち葉をちりとりに集め、紅葉の後を追った。


その日の午後、桐生《きりゅう》の織物問屋「京屋《きょうや》」の主人富蔵《とみぞう》と妻のお景《けい》、息子の桑吉《そうきち》が到着して、梅乃が部屋係になった。

富蔵は立ち居振る舞いにも大店の主人らしい貫禄がある初老の男で、妻のお景は餅菓子のように白くふっくらとして、笑うと片方にえくぼができた。息子の桑吉は上背《うわぜい》のある大きな体で、お景に似た整ったやさしい顔立ちをしていた。

富蔵と桑吉は毎月のように江戸に来て、そのたび如月庵に泊まっている。お景がいっしょなのは初めてだ。

「私もたまには江戸見物がしたいわと言って、ついて来てしまったのよ。いつも二人ばっかりでずるいでしょ」

お景はお茶を用意する梅乃に言った。

「こっちは遊びに来ているんじゃないんだぞ」

富蔵がたしなめる。

「そんなこと、分かっていますよ、ねぇ」

梅乃に向かって笑顔を見せた。お景の声は高く、かわいらしく、小鳥がさえずっているようだ。

「すてきなお部屋。お庭も見えるのね。あら、むくげが咲いているわ。きれいねぇ。植木も青々として、こんな風に夏枯れさせないようにするのは大変でしょう。お水を欠かさないのね。ねぇ、仲居さん、不忍池はどっちの方かしら」

「少し落ち着きなさい。座ってお茶でも飲んだらどうだ」

富蔵が言った。

「あなたは江戸に毎月いらしているでしょうけれど、私は本当に久しぶりなんですもの。見るもの、聞くものめずらしいわ」

お景は口をとがらせた。その様子が若々しい。とても、桑吉のような大きな息子がいるとは思えない。

桑吉にはそろそろ嫁を取らせたい。その前に親子水入らずで旅をしたかったとお景は言った。

「桑吉は婿に出すんじゃない。嫁を取るんだ。今までと変わらないじゃないか」

「だから、男の方には分からないのよ。桑吉にはお嫁ちゃまがいるわけだから、私は今までみたいにあれこれ口を出すわけにはいかないの。そんなことしたら、二人に嫌われちゃうわ」

「嫌ったりしませんよ。それに、私はまだ嫁取りは考えていませんから」

桑吉が答えると、「そうはいかないわ」とお景がきっぱりと言った。

「男は子供を持って一人前よ。家族という重しができて、男は腰をすえて仕事ができるようになるのよ。あなたはいつまでも子供っぽいところがあるから、支えてくれるようなしっかり者のお嫁さんに来てほしいわ」

桑吉は渋い顔になり、けれど何も言わなかった。

富蔵はお茶を飲む間ももったいないという風に立ち上がり言った。

「今日は私一人で行くから、桑吉はおっかさんを江戸見物に連れていってやりなさい」

「いえ、私は……」

桑吉は困った顔になる。

「うれしいわ。いろいろ買いたい物もあるのよ。あなた、江戸は何度も来ているから詳しいんでしょ。案内してね」

富蔵は慌ただしく出かけて行き、見送った梅乃が部屋に戻ろうとしたとき、廊下で桑吉が待っていた。

「私は所用がありまして、母についてやれないのです。申し訳ありませんが、案内をお願いできませんでしょうか」

大きな体の背を丸め、すまなそうな顔で言うので、梅乃も思わずうなずいてしまう。

「母には後で私から謝っておきますから」

梅乃が部屋に行くと、お景は化粧を直しているところだった。

「あら、桑吉は出かけてしまったの？」

「そのようです。今日は、私がご案内させていただきます」

「しょうがないわね。私を置いて出かけなくちゃならない所用って何かしら」

頬をふくらませたが、すぐ笑顔になって梅乃を振り返った。

「それなら、二人で楽しみましょう。よろしくね。私も行きたいところがいろいろあるのよ」


じりじりと午後の強い太陽が照り付けるなか、お景と梅乃は買い物に出かけた。

湯島天神坂を下りれば上野広小路である。いつものように人でにぎわっている。ずらりと店が並び、呼び込む声があちこちから聞こえてくる。買物なら白粉《おしろい》に半襟《はんえり》に袋物《ふくろもの》となんでもあるし、料理屋も甘味処《かんみどころ》もたくさんある。たいていのものはここでそろうはずだ。

けれど、お景は上野広小路で買い物をする気はないらしい。

「まずは日本橋《にほんばし》から行きましょうか」

お景は懐から書き付けを取り出して言った。細筆で店の名前がいくつも書いてある。

最初に行ったのは、有筆堂《ゆうひつどう》という筆の店だった。選んだ筆はこしのある鼬《いたち》の毛を使っていて、かなも漢字も美しく書けるのだそうだ。

「このお店の筆は天下一品。こちらのものを使ったら、よそのは使えないわ」

お景が言うと、手代は頬をゆるませ、「お客様は目が高い。さすがでございます」と言った。

自分用に三本と進物《しんもつ》用に桐《きり》の箱に入れてもらったものを十本買った。もちろん、荷物を持つのは梅乃である。

店を出ると、お景はまた懐から書き付けを取り出す。

「この先に千載《せんざい》というお香の店があるの」

お景はさっさと歩き出した。

千載で簞笥《たんす》に入れる小さな香袋を十二。別の店で半襟を買って日本橋は終了。次は深川《ふかがわ》に行きたいと言う。それぞれは小さなものだが、一つ一つていねいに包んでもらうので思いがけないかさになる。梅乃の風呂敷包みはかなり大きくなった。

夏の太陽が容赦なく照り付け、梅乃は着物が背中にはりつくほど汗をかいたが、お景は涼しい顔をしている。

「深川までですと、かなり遠出になりますけれど、お疲れになりませんか？」

「平気よ。買い物をしていると、なぜかしら、とても力が湧いてくるの」

お景はきらきらと目を輝かせた。

「お客様は江戸にお詳しいんですね」

梅乃は言った。

「そんなことはないわよ。十年ぶりかしら」

「でも、たくさんのお店をご存じです」

「あらかじめ人に聞いたりして、お店のことを調べてきたの。お宅の下足番の樅助さんにもいろいろ教えていただいたのよ。あの方は、本当に何でもよく知っているわねぇ」

樅助の物覚えのよさは如月庵のお客には有名だが、お景が教えを乞うていたとは知らなかった。

この先まだ買い物は続くのだろうか。梅乃は気づかれぬようにため息をついた。

ふと梅乃の顔を見て、お景は初めて気がついたように言った。

「ああ、ずいぶんな汗。そうねぇ、大荷物だものね。申し訳なかったわ、駕籠《かご》を頼みましょう」

辻駕籠に乗って深川へ行き、箸と白粉、紅《べに》を買った。

その次は浅草《あさくさ》で、仲見世《なかみせ》で手ぬぐいと木版の絵柄を入れたぽち袋、楊枝《ようじ》。梅乃の持つ風呂敷包みはついに、両手で抱えると前が見えなくなるほど大きく、しかも重くなってしまった。

桑吉がお景の買い物に付き合わなかった訳がよく分かった。

「ありがとう。これで一通りは買ったから。そこの茶店で一息つきましょうか」

「はい。ありがとうございます」

梅乃はほっとして答えた。


名物揚げ饅頭《まんじゅう》と書いたのれんがかかった茶店にはいる。出された冷たい水がなんともおいしい。

「ずいぶん、大きな荷物ねぇ。なんでこんなにかさばるのかしら」

お景は他人《ひと》事のように言った。

「お客様は筆でも、手ぬぐいでも、まとめてお買いになりましたから」

「そうだったわ。つい、あれもこれもと思ってしまうのよね。知り合いや店のものに土産を買わなくちゃならないから」

お嬢さんがそのまま大人になったような人だが、どこか憎めない。

売り子が店の表で「揚げたての揚げ饅頭、いかがですか」とお客を呼んでいる。

甘い匂いが店の奥から漂ってきた。

「ね、あなた、揚げ饅頭は好きでしょう?」

お景はいたずらな少女のような目をした。

「はい」

「じゃあ、いっしょにいただきましょう。浅草に行ったら、絶対、食べてみてって言われていたのよ」

懐の書き付けにはこの店の名前も入っていたらしい。

「すみません。揚げ饅頭、二十個。それからお茶もね」

梅乃は目を丸くした。

「大丈夫よ。こんなに動いたんですもの、お腹空いたでしょう。残ったらお土産にすればいいわ」

大きな皿に盛られた揚げ饅頭はてんぷらのようなサクサクした衣に包まれ、ほかほかと湯気をあげている。

梅乃のお腹が鳴る。

「ほら、ごらんなさい。あなたも、もう少し食べた方がいいわ。女の子は少し丸い方がかわいらしいから」

お景はお餅のように白くやわらかそうな頬にえくぼを浮かべた。

一つとって口に運ぶと、あんこの甘さとごま油の香ばしさが口に広がった。できたての熱々だから、余計においしい。

お景は揚げ饅頭を二つ食べ、梅乃は三つ食べた。

「ああ、楽しい。江戸っていいわね。桑吉が江戸に来たがる気持ちが分かるわ」

油のついた指を懐紙《かいし》でぬぐいながら、お景は言った。

「無理やりついて来ちゃったけど、よかったわ。こんな風に親子三人で旅をするのは、きっと最後だと思うの。だって桑吉もそろそろ身を固めてもらわないと」

「お話が進んでいるんですね」

「進んでいると言うか……。私たちが昔からお付き合いをさせていただいているお家に、お嬢さんがいるの。お晴《はる》さんというんだけど、まぁ、かわいらしくて素直ないい娘さんなのよ。桑吉の相手にどうかしらんって、ずっと思っていたのよ。でも、桑吉はまだ早いとかなんとか言ってね、あんまり乗り気じゃないの。困ったわ」

あまり困った様子でもなく、にこにこと笑う。

「一人息子さんですか？」

「そう。子供の頃は体が弱くて病気ばっかりしていてね、だから、私、手の平にのせた卵のように大事に、大事に育てたの。あの子も人一倍甘ったれだったし」

お景は遠くを見る目になった。

「あの子が三歳だったかしら。毎日私のところに来て、抱っこして、ぎゅっとしてって言うの。あるとき、父親がもう大きいんだからいけないって叱った。これはお前のためを思って言っているんだ。そんな風にいつまでもお母さんに甘えていたら、人間がだめになるって」

「かわいらしいですね」

梅乃は言った。

「そうしたら桑吉はね」

この話を何度も繰り返したのだろう。お景は大きく目を見開き、満面の笑みを浮かべた。

「私の胸に顔を押し付けてね、お母様に抱っこしてもらえるなら、僕はだめな人間でいいって泣いたの」

お景はくすくすと笑った。

「あなたもいつかお母さんになるんでしょう。楽しいわよ。そりゃあ、大変なこともたくさんあるけど、その百倍も千倍もすてきなことがある」

「大切に育てられたんですね」

「みんなはね、桑吉がいつまでも子供っぽくて頼りないのは私の育て方が悪かったからだっていうの。でもね、ちがうのよ。大きな木はゆっくり育つものなの。桑吉は、大きな木。少々時間がかかるかもしれないけど、大きく枝を広げて葉を茂らせて、京屋の大黒柱になると思うわ」

そのとき、通りの向こうに桑吉の姿が見えた。背中を丸め、うつむいている。誰かを待っているらしい。

同じ場所を行ったり、来たり。

一瞬、こちらを見た。お景の姿に気づいた。

まずいところを見られたという顔になった。こそこそと足早に去っていった。

お景はそんな桑吉の様子を見ていただろうか。

梅乃はそっとお景の横顔を見た。

お景は明後日《あさって》の方向を見ていた。どうやら桑吉には気づいていないらしい。

「さぁ、買い物もすんだし、宿に戻りましょうか」

湯のみをおくと、お景が立ち上がった。

「あ、はい。分かりました」

「いい日だったわねぇ。ご飯が楽しみだわ」

屈託のない様子で言った。

2

「ねぇ、どう思う?」

夕方、如月庵の庭に打ち水をしながら梅乃は紅葉に相談した。

「女じゃないの?」

紅葉はうれしそうに言った。

「それしか考えられない。親の勧める縁談にいい返事をしないんだよ。で、結局、女は来ない。振られたんだ」

「……かもしれない」

「しょうがないねぇ、白玉豆腐《しらたまどうふ》は」

「お客さんのことを、白玉豆腐なんて言ったらだめだよ」

梅乃はそう言いながらも笑ってしまった。

体は大きいが、どこかちょっと頼りない感じのする桑吉は、白玉豆腐という言葉にぴったりだ。

「だけど、あの手のお坊ちゃんは案外、あきらめが悪いんだ。甘やかされて育っているから、何でも自分の思い通りになると思っている。せっかく江戸まで来て、断られました。はい、そうですかとはならないね」

「そうなの?」

「明日もう一度、何かが起きる」

「またぁ」

「まぁ、見てなって」

紅葉はにんまりと笑った。

そのとき、北の離れの方から出て来た人影があった。

男はわき道を通って外に出て行こうとしていた。

不審に思った梅乃は走り寄って声をかけた。

「如月庵に何か、御用でしたか?」

「いえ、用というほどではないのですが。私は宗庵の元におります、桂次郎と申すものです」

近くで見ると、まだ若い男だった。背が高く、手足も長い。眉が濃く、力のある黒いきれいな目をしていた。侍のような髷《まげ》を結っているが、びんの毛がはねて、くるくると巻いている。藍色の筒袖《つつそで》は何度も水を通したらしく色あせていた。

「桂次郎さんもお医者様なんですか？」

紅葉がたずねた。姿のいい若者なので紅葉の目がきらきらしている。

「はい。長崎で学び、二か月ほど前に宗庵先生のところに来ました」

「へぇ、すごい。優秀なお医者様だ」紅葉が言った。

「姉を知っていますか？　お園《その》と言います。時々、宗庵先生のお手伝いをしています」

梅乃もたずねる。

「お園さんの妹さんですか。お話はよくうかがっていますよ。おねぇさんはとても優秀な助手で、私たちはとても助かっています」

姉を褒められて、梅乃はうれしくなった。

桂次郎が去ると紅葉が言った。

「また、誰か難しいお客が来ているんだ」

如月庵には時々、お忍びでやってくる要人のお客がいる。桔梗が受け持ち、梅乃たちにも誰であるかはひみつになる。

「お医者様が来るようじゃ、年寄りなんだね」

紅葉は決めつける。

そう言われると、梅乃もそんな気がしてきた。

「ま、どっちにしろ、あたしたちには関係ないか」

そう言うと、紅葉は空の桶とひしゃくを持って歩き出した。


守継の熱は下がった。だが、桂次郎の診立てではしばらくは安静が必要ということだった。

「うわごとで何度も母上と呼んでいました。心配されているのでしょう」

桂次郎が言った。

桔梗もその声を聞いていた。額においたてぬぐいを変えようとしたとき、守継は桔梗の手に細い指をからませてきた。思いがけない強い力だった。

母親は敵に捕らえられたという。

無事でいるのだろうか。

桔梗は守継の小さな顔をながめた。

廊下を歩いていると、下足番の樅助が声をかけてきた。

「揚げ饅頭、ありがとよ。久しぶりに食べたけど、おいしかった。お客さんによく
礼を言ってくれ」

「はい。伝えます」

「そういえば、部屋の前の庭にこんな紙が落ちていたよ」

ふところから紙切れを出した。細筆で「㋒」と書いてある。

「店の名前かねぇ。○にうの字だから、うなぎ屋かねぇ」

紙切れを梅乃に手渡した。

「うなぎ屋では、どこが有名ですか？」

「浅草はよく知られているな」

「浅草ですか……」

「あとは、両国《りょうごく》、日本橋、まぁ、いろいろあるけどな」

なぜか桑吉の顔が浮かんだ。

夜になり、富蔵が戻り、親子三人で夕食になった。

その日の夕飯は甘じょっぱく、こっくりと煮たかれいの煮つけに、冷ややっこ、

玉子焼き、かつおだしを含ませた冬瓜《とうがん》とにんじんの煮物である。お景はご飯に味噌汁だが、酒を飲む富蔵と桑吉の二人のしめは冷たいそばで、ぴりりと辛い夏大根のすりおろしを薬味につけた。

旬のかれいは皮は濃い色をしているが、中の身は白く、ふっくらとやわらかく、たっぷりと卵を抱いていた。かれいがやや濃い目のあじつけだから、冬瓜とにんじんはかつおだしの風味であっさりと。暑さで疲れた体にしみるような味に仕上げている。

「これはいいねぇ。酒のみにはたまらない」

富蔵は小鉢のかつおの酒盗《しゅとう》を箸の先でつまんで、顔をほころばせた。

夕方、揚げ饅頭を二つも食べたというのに、お景の食べっぷりもみごとである。次々器が空いていく。

「あら、桑吉。お豆腐はいただかないの？」

お景が桑吉の膳を見て言った。かれいも冬瓜の煮物も半分ほど手をつけたまま残っている。

「腹がいっぱいでさ」

「おやつに何か食べたの？」

「いや、別に」

「食べないと体に毒よ。ほら、お豆腐があるじゃない。あなたお豆腐大好きでしょ。いいお豆腐よ。おいしかったわ。食べたらいいのに」

お景はなにかと桑吉の世話を焼く。

食欲がないのは、女に振られたせいだろうか。

お景はどの料理もおいしそうに食べ、ご飯をお代わりした。

富蔵はそんな二人に構わず、静かに酒を飲んでいた。

「今日、日本橋、浅草と行っていろいろ買物をしたの。お晴さんにもお土産をと思って小筆を買ったのよ。桑吉が届けてくれないかしら」

少しの酒で顔を赤くした桑吉は困った顔をしている。

「私からより、あんたからの方がいいでしょう。向こうもその方が喜ぶわ」

「いや、だから、いいよ」

「もう、せっかくこっちでいろいろ段取りをしているのに、あんたは面倒臭がるんだから」

「面倒臭がっているわけじゃないよ」

桑吉は口の中でもぞもぞと答える。

「もう、いいじゃないか。その話は。桑吉にはもう少し商いを学んでもらう。嫁取りは先だ」

富蔵が言ってお景は口を閉じた。

洗い物もすんで手があくと、梅乃は仲居たちが休み場に使っている三畳の溜まりで、縱助に貸してもらった『江戸《えど》買物独案内《かいものひとりあんない》』を開いた。

文政《ぶんせい》七年に出されたもので、江戸の店の名が二千六百も並んでいる。これを読めば、たちまち江戸通。おいしいものも、買うべきものもたちどころに分かるという便利なものだ。

ぱらぱらめくると「京白粉　紅屋」とあった。聞き覚えがあると思ったら、お景が白粉と紅を買った店である。

お景もこの本を頼りにしているのかもしれない。

料理屋が載っているのは二巻の付録である。

開くと「水戸一橋御用　仕出し御誂え美濃屋源右衛門」とか、「名物しそ飯　宇治橋甚太郎」などの文字が見えた。

うなぎ屋の項は「江戸元祖　鰻《うなぎ》御蒲焼　大和田源八」が最初で、その後、ずらずらとうなぎの店が連なっていく。三角屋根の下に正の字、□の中に源の字とあるので、○の中にうの字もあるかと探したが見当たらない。

本が出たのが文政七年だから、その後にできた店は載っていない。

やはり、浅草に行かないと分からないか。

梅乃は部屋係だけでなく、洗い物の仕事もある。今日はお景と出かけるので、半分紅葉に手伝ってもらったが、明日も浅草に行くとなると、また紅葉に頼まなくてはならない。

「あっ？　しまった」

梅乃は洗い桶を外に干したままなことを思い出した。紅葉が気づいてしまってくれるはずはない。

梅乃は裏庭に出た。

暗い裏庭に洗い桶がぽつんと残っている。桶を持って母屋に戻ろうとしたとき、竹やぶの向こうに白い物が見えた。

何だろう。

目をこらす。

顔だ。

暗闇の中に子供の顔が浮かんでいる。体はない。

ふわり、ふわり。

こちらに近づいてくる。

梅乃は腰を抜かしそうになった。

夢中で走る。

母屋に入って戸を閉め、桔梗の顔を見た途端、体から力が抜けて、しゃがみこんでしまった。

「梅乃、どうした？」

桔梗がたずねた。

「見ちゃいました」

「何を？」

「竹やぶの中。子供の顔が、ふわりふわりと宙に浮いている」

「何を寝ぼけたことを言っているんだよ。なんかの見間違いだろ」

桔梗が言下に否定する。

「そんなこと、ありません。ちゃんと見たんです」

桔梗は外に出て行き、すぐに戻ってきた。

「竹やぶの枝に手ぬぐいがひっかかっていたよ。風に吹かれて揺れていたんじゃないのかい？」

「でも……」

あれは、手ぬぐいなんかじゃない。梅乃は言いたかったが、桔梗があまりにきっぱりと言い切るので、その言葉をのみこんだ。

「ここは宿屋だからね、見ちゃったとか、なんとか、そういうことを不用意に言わないように」

桔梗に言われて梅乃は肩を落とした。桔梗が去ると、紅葉がにやにやと笑いながらやって来た。

「その子供ってさ、何歳くらいだった？」

「分からないけど、五、六歳かな？」

「やっぱりね」

紅葉はうなずく。

「あんた、下の池に落ちたことがあったよね」

「うん」

節分の頃、梅乃は竹やぶの下の池にはまり、危うく溺れそうになったのだ。

「あの池で溺れて死んだ子供がいるんだよ。十年ほど前、ちょうど五歳だったって聞いたよ」

「えっ？」

梅乃は目を見開いた。

「池に落ちた時、その子の幽霊も背負ってきちゃったんだね。気の毒に」

「じゃあ、私の背中には溺れて死んだ子供の幽霊がついてるってこと？」

「そうじゃないの？　だから、子供の顔があんたにだけ見えるんだよ」

梅乃は震えあがった。恐ろしさに涙がにじんだ。

「じゃあ、私、どうなるの？」

「そりゃあ、お祓いしてもらわなきゃ。そうしないと、次々不幸がおこる。あんただけじゃなくて周りの人にも」

つまり梅乃だけではなく、姉のお園も不幸になるということか。

梅乃は懐のお守り袋を握りしめた。中に緑の石が入っている。

両親が亡くなったあと、お園が働いて梅乃との暮らしを支えてくれた。火事で家を焼かれて別れ別れになったが、やっとめぐりあえた。今、梅乃は如月庵で働き、姉は近くの医師、宗庵の元で手伝いをしながら、体と心を病んだ朋輩《ほうばい》の世話をしている。

いろいろあったけれど、なんとか落ち着いたと思っていたのに。

この上まだ、何か、不幸が襲いかかるのか。

姉と二人、どうすればいいのだろう。

ぽたり。

大粒の涙が手の甲に落ちた。

「おねぇちゃんに迷惑がかかる。それだけは困る」

ぽたり、ぽたり、ぽたり。

「いつでも私がおねぇちゃんの足を引っ張ってしまう」

それはだめだ。そんなことをしてはいけない。

梅乃は泣き出した。

いつも細い紅葉の目がまん丸になった。

「ごめんね、ごめん。今のは嘘。あたしの作り話。あんたがあんまり恐ろしそうな顔をするから、ちょっとからかってみただけだよ。あの池で溺れた子供なんていない」

「本当？」

「ほんとだよ、ほんと」

「もう、紅葉ったら」

安心したら涙がたくさん出た。紅葉が梅乃の背中をなでてくれた。

目を覚ましたと思ったら守継はもう起き上がるという。

「母上を助けに行かなくてはなりません」

細く甲高い声で言った。

「大丈夫ですよ。母上は我らの仲間が助けました。ご無事で守継様と会える日を待っています」

忠輔が言った。

「そうか。よかった」

守継は安心したように微笑んだ。

「だから、もうしばらくお休みください」

桔梗が布団をかけ直した。

「ここはどこだ？」

「江戸のお宿ですよ」

「宿ってなんだ？」

「旅の人が泊まる所です。私は若君のお食事などのお世話をする者で桔梗と申します」

「そうか。苦労をかける。ありがとう」

幼くとも若君らしい威厳がある。

目を閉じると、また眠ったようだった。

だが、忠輔が出かけ、桔梗が目を離したすきに守継は部屋を抜け出していた。


夜中、梅乃は隣で寝ている紅葉に起こされた。

「ねぇ、お便所に行きたくない？」

ひそひそ声でささやく。

「別に行きたくない。眠いよ」

「悪いけどさ、一緒に行ってくれない？」

「なんで？　一人で行けばいいじゃない」

「いやだ。怖いもん。子供の幽霊が出るかもしれない」

「その話はあんたの作り話なんでしょう」

「ね、お願いだからさぁ」

紅葉が冷たい手で梅乃の鼻をつまんだり、耳をひっぱったりするので、梅乃は目が覚めてしまった。

仲居たちがいるのは北の二階の部屋で、使用人用の便所は階段を下りて外に出たところだ。便所の脇には無花果《いちじく》の木が枝を広げていて、昼でも暗くじめじめしている。

二人で母屋の外に出た。月もない夜であたりは真っ暗だ。

「あたしがお便所にいる間、あんたは外で待っててくれる？」

紅葉が言った。

「じゃあ、そのあと、私が入るから、紅葉も外で待っていてね」

「うん」

紅葉は便所の扉を閉めると、中からたずねた。

「梅乃、そこにいるよね」

「いるよ」

「なんか、歌を歌ってよ」

そんなに怖がりなら、自分から幽霊の話などしなければいいのに。

梅乃だって、暗がりに一人でいるのは嫌だ。

紅葉が出てくると、梅乃も大急ぎで用を足した。

母屋に戻ろうとしたとき、どこからか笑い声が聞こえた。

フフフフ。

なんだろう？

ハハハハ。

甲高い子供の声だ。

フフフハハハ。

梅乃は紅葉の手をぎゅっと握った。紅葉も握り返す。爪が食い込んで痛いほど強く。二人は同時に駆け出した。夢中で階段を駆け上がり、お蕗の足を蹴飛ばして寝床にもぐりこんだ。

まだ胸がドキドキしている。

目をぎゅっと閉じても白い顔が浮かんでくる。耳の奥で子供の声が響いている。

結局、朝まで眠れなかった。

翌朝、梅乃が腫れぼったい顔で身支度をしていると、紅葉が隣に来てささやいた。

「昨日のことはあたしたちのひみつだよ。人に話すのはよそうね」

「うん。約束する」

梅乃も答えた。

あやかしを見たことは、やたらと人にしゃべってはいけない。そうしないと不幸がふりかかる。昔から、そう言われているのだ。


この日も富蔵は得意先に行き、桑吉とお景は芝居見物に出かけていった。

梅乃は昼前の仕事を終えると、浅草に行くことにした。

桑吉のことが気になるのである。

前日、桑吉を見かけた仲見世あたりに行ってみた。揚げ饅頭の店の前に立ち、桑吉がいたあたりをながめる。
○にうの字の店は見当たらない。
店の女にたずねた。

「この近くで○にうの字の店を知りませんか？　うなぎ屋さんかもしれないんですが」

「うなぎ屋か？　なら、その先の道を曲がるとあるよ」

三和といううなぎ屋で、□に三の字が入っていた。

また別の人にたずねたが、教えてもらった店は竹の印だった。

浅草にはうなぎ屋がたくさんあって、教えられるままあっちに行ったり、こっちに来たりしたが、○にうの字は見つからない。

あれはただの書付で、意味のないものだったのかもしれない。

そう思い始めた時、おかみさん風の二人の話し声が聞こえてきた。

「豆腐といえば、カワウよね」

「豆腐もいいけれど、おからも絶品よ。どうして、あんなにふんわりしているのかしら」

おから？

おからはうの花とも呼ぶ。㋒は、おからのことだろうか？

「すみません。そのカワウというお店はどこにあるのでしょうか」

梅乃は思わず二人に話しかけた。

二人は少し驚いたようだったが、親切に教えてくれた。その道を行くと、大きな料理屋があった。ぐるりと黒塀で囲まれていて門構えも大きく立派だ。入り口には力強く揮毫《きごう》された扁額《へんがく》がかかっている。

「よろず豆腐料理　川兎」。店名の上には○にうの字があった。

この店のことだったのか。

さっき、このあたりを通ったはずなのに気づかなかった。扁額の文字が達筆すぎるのである。

ちょうどお客が一組帰るところで、下足番が履物の用意をしていた。お客は上等な身なりである。きっと金持ちのお大尽なのだろう。

こんな大層な店とは思わなかった。桑吉のことを誰に、どうたずねよう。

考えていると、誰かが梅乃の袖をぐいと引っ張った。振り向くと、桑吉である。困った顔で立っていた。

「失礼だけど、ここに何か用があるんですか?」

「え、ああ、すみません。あのちょっと……」

梅乃は桑吉を探っているとも言えず、口の中でもごもごと答えた。

「あの、今日はお母様とごいっしょじゃないんですか?」

「母は今、芝居を見ています。私は用事があるからと抜けて来たんですよ」

桑吉はいらいらとした調子で答えた。背の高い桑吉の横に立つと、梅乃は上からのぞきこまれるようになり、居心地が悪い。

「母に頼まれたんですか?」

「えっ？」

「昨日、私のことを見ましたよね。私はあそこで人を待っていたんです。相手が誰か母には見当がついているはずなのに。母は知らんぷりした。何も聞かない。心配になったから、こっそり芝居小屋を抜けて来てみた。そうしたら、あなたが来ていた」

桑吉は大げさにため息をついた。

「そういう人なんだ、あの人は。みんな、生まれたまんまの無邪気な人だと言うけれど、とんでもない。おそろしいほど、頭が回る。とてもかなわない」

「いえ、違います。ここに来たのは私の判断です。何か、お困りのことがあると思ったので。私はお部屋係ですから、お手伝いさせていただきます」

「部屋係がふつう、そこまでやりますか？」

疑わしそうな目で桑吉が梅乃を見ている。

「すみません。立ち入ったことをしました」

ぺこりと頭を下げ、そのまま帰ろうとすると桑吉が呼び止めた。

「そんなに言うなら、ひとつ、頼まれてもらえませんか」

「はい、なにか」

「店にあがって料理を食べて来てくれませんか。もちろん、お代はこちらで持ちます。そして、このことは父や母には黙っていてほしいんです」

「はぁ……」

「座敷にあがると、お有《ゆう》さんという若おかみが挨拶に来るので、その様子を見て来てください。そして私に教えてください」

見るといっても、何を、どう見ればいいのだろう。

桑吉はそれ以上は聞いてくれるなという顔をしている。

「分かりました。お店に行きます」

梅乃は答えた。

川兎の店に入り、料理が食べたいというと仲居が驚いたような顔をした。

それももっともだ。

梅乃が着ているのは洗いざらしの藍色のお仕着せで、客の姿ではない。

「如月庵という宿の者です。店の主人にここで食べて、もてなしとはどういうものか学んで来いといわれました。お金もあります」

とっさに取り繕って、桑吉にもらった金を出した。

「さようでございますか。ありがたいことです。では、こちらへどうぞ」

仲居は如才《じょさい》なく梅乃を案内した。

通されたのは十畳はあろうかという広い部屋で、床の間には木の枝に鳥が止まっている様子を描いた、古びた、しかし由緒正しそうな掛け軸がかかっていた。厚い座布団に座ると、開け放した障子から夏空が見えた。

部屋が広すぎる。立派過ぎる。

背中がすうすうして落ち着かない。梅乃は小さく縮こまって座っていた。

襖が開いて、お有が挨拶に来た。

「この店のおかみでございます。本日は、ようこそおいでくださいました」

歯切れのいい声で挨拶をした。

「なにか苦手なもの、食べられないものなど、ございますでしょうか」

「ありがとうございます。好き嫌いはありません」梅乃は答えた。

細面のすっきりとした顔立ちである。頭の良さが顔に出ているような人だが、それが少しも嫌味ではない。年の頃は二十二、三。おかみとしてはいかにも若い。だが、堂々としている。しかも立ち居振る舞いに品がある。

梅乃はお有をながめた。

もしかしたら、昨日、桑吉はこの人を待っていたのかもしれない。

突然、そんな思いが閃いた。

そう思うと、そうとしか考えられない気がした。

誰が見ても、どこから見ても欠点がない。世の中にはそういう人がいるものだ。

たとえば、晴吾だ。

晴吾も姿形はもちろん、頭もいいし、心映え《こころばえ》もすばらしい。紅葉が、手が届かない人だと思いながら好きになってしまう気持ちも分からなくはない。

お有という人も男の人なら、いや女も心惹かれることだろう。

いや、待て待て。

紅葉と桑吉は立場がまったく違う。

桑吉は桐生の大きな織物問屋の跡取り息子だ。お有さんと釣り合うではないか。

どうして、ちゃんと親に話さないのだ。

そんなことを考えていると、仲居が最初の膳を運んで来た。青菜の白和え、冷ややっこ、うの花が小鉢に入っている。

さっとゆがいた青菜はやわらかく、しかも香りがある。それにまとわる白和えのころもはなめらかで、ほのかにごまの風味がした。

杉治の料理も一流だが、この店の青菜の白和えも天下一品。

その隣の冷ややっこは器もひんやりと冷やしてある。真っ白な豆腐は口の中をするんと通りすぎて、まろやかな豆の味が広がった。ぽちりとのせた、豆味噌がまたおいしい。あっという間に器が空になってしまった。

そして、うの花。

口に入れて目を見張った。ふわふわとやわらかい。中に甘辛く煮た干ししいたけやにんじんやしゃきしゃきのれんこんが隠れている。

そもそもうの花、つまりおからは豆乳をとった残りである。豆の搾りかすだから、繊維ばかりでぼそぼそしている。如月庵ではまかないに使うことはあっても、お客には出さない。それが、やわらかくてふっくらとして、ちゃんと一品になっている。

「お口に合いましたでしょうか」

お有が顔を出した。

「こんなおいしいうの花は初めていただきました」

「ありがとうございます。おからは豆腐の片割れのようなものです。おからのような地味なものにこそ、心を注ぎ、おいしく食べさせるのが料理屋の仕事だと、父はいつも申しております」

お有は梅乃をじっと見た。すがすがしいほどまっすぐな眼差しだった。

「間違っていましたら申し訳ありません。お客様は京屋様のお知り合いの方でいらっしゃいますでしょうか」

大当たりだ。この人に嘘はつけない。梅乃は観念した。

「その通りです。私は如月庵という湯島の宿で仲居をしております。京屋様は昨日からお泊りです」

やはりというように、お有は小さくうなずいた。

「でも、どうして分かったんですか？」

梅乃はたずねた。お有はふくふくと笑った。

「それは分かりますよ。手前どもの店にはあなた様のようなお若い方が一人でいらっしゃることは、まず、ございませんから」

考えてみれば、その通りだ。梅乃も笑ってしまった。そうしたら心がほぐれた。

「あの、失礼なことだったらすみません。もしかして昨日、京屋の方と待ち合わせをされていましたか？」

一瞬、お有は困った顔をした。けれどすぐに笑顔になると、居ずまいを正した。

「おっしゃる通りです。大事なお話があると文をいただきました。でも、お約束の場所にはうかがうことができませんでした。用事があったのではありません。そうではなくて……」

会いたくないのだ。話の内容は分かっている。だが、いい返事ができない。断る方が辛いこともある。そういうことか。

「大豆には大豆の花が咲きます。大豆に桔梗の花は咲きません。それぞれ分というものがあります」

桔梗は京屋の家紋。川兎と京屋のことを言っているのだ。

「母が亡くなりまして、今は、私がこの店のおかみです。ここを離れるわけにはまいりません。お心にかけていただいてうれしいです。でも、私のことは、もう忘れてくださいとお伝えください」

お有は淋しそうな顔になった。


外に出ると、通りの先に隠れるようにして桑吉が立っていた。芝居小屋に戻ると、お景が立ち去った後だったので、そのままこちらに戻ってきたという。

「どうでしたか？　何か言っていましたか？」

おずおずとたずねた。

「大豆には大豆の花が咲きます。桔梗の花は咲きません。お心にかけていただいてうれしいですが、私のことは、もう忘れてくださいとおっしゃいました」

桑吉はもうこれ以上ないというほど情けない顔になった。

「分かりました。そうですよね。忘れます。忘れるという約束だったんです」

宿に帰ろうと歩き出した。

けれど、桑吉の足は進まない。顔を真っ赤にしてうつむいている。

「お客さん。話してください。私がみんな聞きます。全部、思いのたけ、ここでしゃべってください」

梅乃は小さな神社を見つけて言った。二人で神社の前の石に腰をかけた。桑吉はぽつりぽつりと話し始めた。

川兎は富蔵の馴染みの店で、桑吉も何度か行き、お有とは顔見知りだった。三年ほど前、道でならず者にからまれて困っているのを助けたのが縁で、話をするようになり、芝居を見に行ったりした。

桑吉はすぐに将来を意識した。一度きちんと話をしなければと思っているうちに時が過ぎ、一年前にお有の母親が亡くなり、お有は若おかみとして店を仕切ることになった。

「遅ればせながら、私はお有さんに桐生に来てくれないかと頼みました」

――そんな、今さら。ひどいです。

お有は怒ったそうだ。

母親がいるときなら、まだ話の持って行きようがあった。だが、母が亡くなって今はお有が母の代わりにおかみを務めている。父も店の者たちも自分を頼りにしている。弟はまだ十二だ。だから、家を出ることは考えられない。

「その時、言われたのです。私のことは忘れてくださいと。私も仕方ないと思いました。だけど……」

あきらめきれなかったのだ。

「未練だと思います。分かっているんです。お有さんを苦しめるだけだということも。だけど……」

桑吉は指が白くなるほど強くこぶしを握った。

「辛いですね、お二人とも」

「悪いのは私です。情けないです」

桑吉は肩を落とした。

3

如月庵に戻ると、紅葉が待っていた。

「表通りの打ち水に行こうよ」

冷たい水を入れた桶とひしゃくを手渡した。

猛々《たけだけ》しいような夏の日差しがこもった地面に水をまくと、涼しい風がおこった。

どこからか虫の声が聞こえる。坂を通る人の姿は見えない。

「昨日のことなんだけどさ」

紅葉が低い声で言った。

「うん」

「梅乃が見た顔も、夜中に聞いた笑い声も、離れにいる人と関係があると思うんだ」

「そうかもしれないね」

梅乃が考えながら答えた。

「きっと妖術使いなんだよ」

いつものことだが、紅葉はとっぴょうしもないことを言い出す。妖術使いとは、怪しい術を使って人を惑わす者だ。

「そうなのかなぁ」

「へたに近づくと、呪い殺されたりして」

紅葉が言ったので、梅乃は怖くなった。

それで二人でしばらく水をまくのに専念した。

紅葉がちろりと梅乃を見た。梅乃も手を止めて紅葉を見る。

「今から、ちょっと離れをのぞきに行く?」

梅乃が言うと、紅葉が「へへへ」とうれしそうに笑い出した。

「そうこなくっちゃ。今日もまた、眠れなくなっちゃうよ」

桂次郎が出て来たのは北の離れで、怪しい声を聞いた便所はその裏手だし、梅乃が子供の顔を見た裏庭も近い。怪しいのは北の離れである。

足音をしのばせて北の離れに行った。

部屋の正面の坪庭を避けて、次の間のある方から近づいた。そっと気配をさぐる。物音はしない。

「寝てるのかな」

紅葉が小声で言った。

「次の間じゃなくて、床の間のある方にいるんだよ」

梅乃が答えた。

壁伝いにそろそろと移動する。

フフフフ、ハハハハ。

笑い声がした。子供のような高い声だ。

梅乃と紅葉は顔を見合わせた。

誰かが何か言っている。大人の声のようだが何を言っているのか分からない。

「二人、いるんだ」

梅乃が言った。

「妖術使いは人形を使うのかもしれない。人形を自由に動き回らせる術があるんだ」

紅葉は言った。どうしても妖術使いにしたいらしい。

風を入れるため、障子が開いていた。中をのぞこうと顔をあげた途端。

ダンと音がして、桔梗が現れた。

「ここには近寄るなと言ったはずだ。何をしている」

刃のように細めた目がギラリと光る。

「すみません。あの、その、庭に打ち水をしてました」

「離れには水をまかなくてよろしい。早く戻りなさい」

梅乃はすごすごと戻った。

分かったことが一つある。

離れにいるのは最大級に大切な要人である。


考えても仕方がない。気持ちを切り替えて板前の杉治のところに行った。

「今日の夕食ですが、豆腐料理をお願いできませんか？」

「なんだ？　訳でもあるのか？」

杉治がたずねた。梅乃が川兎に出かけたことを話した。

「つまり、その若旦那と川兎の若おかみのよりを戻させようってことかい？」

「そうじゃなくて、前を向いてほしいんです」

「そうだな。それがいいだろうな」

杉治は豆腐を取り出しながらつぶやいた。

「振られちまったのか。仕方ねぇよな。そんなこともあらぁ」

「気持ちを切り替えるしかないですよ」

見習いの竹助が続ける。

それで、その日の夕の膳は、豆腐尽くしになった。

豆腐の味噌漬けに始まって、白身魚と豆腐の包み揚げ、かしわと高野豆腐の炊き合わせ、うに田楽《でんがく》。うなぎのかば焼きかと思ったら、豆腐と山芋で作った精進《しょうじん》料理だった。

とにかく、これでもかと豆腐料理が出て来る。

「面白い趣向ねぇ」

お景は楽しそうに箸を進める。

「そういえば、浅草に有名な豆腐料理の店があったなぁ」

富蔵が言う。

「聞いたことがありますよ。川兎でしょう。おいしいからぜひ、一度行ってみなさいと知り合いに言われたわ」

お景が続ける。

給仕をしながら、梅乃はちらりと桑吉を見た。切なそうな顔をしてうつむいている。

こんなに豆腐ばかりになるとは思わなかった。なんだか桑吉がかわいそうだ。

板場に戻ると、杉治がたずねた。

「どうだ。豆腐料理は喜んでもらえたか？」

「旦那さんとおかみさんはおいしいと言っていました」

「若旦那は？」

「ちょっとへこんでいたかもしれません」

「ちょっと荒療治だったかなぁ。だけど、こういうことは中途半端はいけない。あきらめるときは、すっぱりとだ」

縦助が顔を出した。

「川兎の名物には、うち豆腐ってぇのがあるんだよ」

どうやら、杉治から話を聞いているらしい。

「おから入りのがんもどきの中にゆで卵が入っている、あれかい？」

「そうさ。切るととろっと黄身が流れ出て、熱々の揚げたてに辛子じょうゆで食べるんだ。どうだ、梅乃、うまかったかい？」

「え、ああ、はい」

梅乃は赤くなってうつむいた。

「え、それってどういうこと？」とでもいうように、竹助が梅乃の顔を見る。

樅助には㋒のことを聞いただけで、それが川兎のことだったとか、そこで桑吉に会って、店にあがることになったことまではしゃべっていない。

どうして知っているのだ？

樅助はにやにや笑っている。

「あの店は高いんだ。めったなことじゃ行かれねぇ。梅乃、役得だったな」

杉治はからからと笑った。

やがて揚げ鍋からシュウシュウ音がして、うち豆腐がからりと揚がり、ごま油の香ばしい匂いを立てた。梅乃は膳にのせて運んだ。

「まぁ、まだもう一品あるの？」

お景は目を輝かせた。

「江戸名物、うち豆腐でございます。板前の杉治がみなさまのために調理いたしました」

さっそく箸を入れたお景は流れ出した黄身に歓声をあげた。

隣で桑吉はうつむいている。

「そういえば、川兎で教えてもらったなぁ。『こひすれはくるしかりけりうち豆腐まめ人の名をいかてとうまし』」

富蔵がさらりと諳んじた。室町《むろまち》時代に編まれた『職人尽《づくし》歌合《うたあわせ》』に収められた歌である。「恋をしたら苦しいものである。どうぞ、相手の人の名前を聞かないでください」というほどの意味だろう。豆腐と豆が読み込んである。

「あら、あなたもご存じでしたの？」

お景が意外そうな声をあげる。

「毎月江戸に来ているんだ。少しは料理屋にも詳しくなる」

富蔵はしばらく何かを考えていたが、つと顔をあげると、桑吉に向かって言った。

「おからはきらず（雪花菜）というが、豆腐は角がくずれぬようにすぱりと切るものだ。いつまでもぐずぐずしていると、台無しになる。お前、私に話したいことがあるんじゃないのか？」

桑吉ははっとしたように顔をあげた。顔をまっ赤に染めたが何も言わない。富蔵は小さく首を振った。

「お前がこの人ならと思う人がいるなら、私も会ってみたい。ちゃんとした家の娘さんなんだろう。私に言えないのなら、母親を通せばいい。そんなに分からずやの親のつもりではないがな」

お景がちらりと桑吉を見る。「お母さんも後追いしますから、ちゃんと言いなさい」そんな目をしていた。

「実は……」

それでやっと桑吉が重い口を開いた。

お景が座り直す。梅乃はそっと部屋を出た。


翌朝、京屋の一行が旅立った。たくさんのお土産を持つのは桑吉の役目である。

「お世話になりました」

桑吉が梅乃の顔を見て晴れやかに言った。

「ありがとうございました。お土産もたくさん買って、本当に江戸は楽しい所ねえ」

お景はお松や桔梗、樅助に笑顔を振りまいた。

「板さんに礼を言ってください。おいしかった」

富蔵が言った。

三人を見送って、梅乃が部屋に戻ろうとすると、樅助が声をかけた。

「昨日、あんたが川兎に行ったことを、どうしてわしが知っていたのか、知りたくないか？」

　にやりと笑った。

「もしかして、樅助さんも行ったんですか？」

「そうだよ。あのおかみさんに連れて行ってくれと頼まれた。『芝居小屋についたら、桑吉は私をおいて出て行くだろうから、迎えに来て欲しい』って。まったく千里眼だな、あの人は。二人で川兎に行ったら、ちょうど、梅乃が出て来たところだった。おかげでわしも川兎の料理を楽しめた」

「じゃあ、川兎の若おかみにも会ったんですか？」

「もちろんだよ。ちゃんと話もした。今度の江戸行きはそれが目的だったんだよ。息子が縁談にいい顔をしないから、江戸に想う女がいると考えた。相手はどうやら、川兎という店にいるらしい。それなら、会って話をしてみようと思ったんだそうだ」

「最初にあの紙切れを落としたのは、おかみさん……」

「ああ。『分かってますよ』という謎かけだな。それでみんなが動き出す。自分でも実際に店に行って会って見たら、おかみさんの方が惚れこんでしまった。まぁ、そうだよな。たしかにいい娘さんだ。旦那とも相談して正式に話を持って行くと言っていた。聞けば下に弟もいるそうじゃないか。どうしても、あの娘さんが店を守らなくちゃならないってこともないだろう」

お景は本腰を入れて話を進めるつもりらしい。

「しかし、あの人が偉いのは、一番の見せ場を旦那に渡すところだね。最後に息子を諭すのは旦那の役だ」

梅乃はお景の小鳥がさえずっているような声や、ふっくらとして片方の頰にえくぼの出る笑い顔を思い浮かべた。

天真爛漫《てんしんらんまん》、無邪気な人に見えて、おそろしいほど頭が回る。

もしかしたら怖い人かもしれないが、どこか憎めない。かわいらしい人だった。

「どこでも母親ってのは、すごいもんなんだよ」

樅助は笑った。

「おかみさんが言っていました。桑吉は大きな木だ。ゆっくりと育つ」

「ちゃんと見ているんだねぇ。あの旦那とおかみがついているんだから安心だ」

その言葉通り、しばらくしてお景から桑吉がお有と祝言をあげたという便りとともに、たくさんの菓子が届いた。

「今度はゆっくり江戸見物をしたいそうだよ」

お松が梅乃に行った。

「そのときは、梅乃さんに部屋係をお願いしますってさ」

「お待ちしております」

梅乃は微笑みながら桐生の方に向かって答えた。

第二夜

母の味は小茄子の漬物

1

裏の井戸の草むらから虫の声が聞こえる。空が澄んで朝晩はひんやりする。萩が小さな花をつけた。

いつの間にか、秋になっていた。

その日のお客は上野の漬物《つけもの》屋、丸吉屋《まるよしや》のおかみの珠江《たまえ》だった。丸吉屋は梅干しやべったら漬けで有名な店だ。奉公人も二十人ではきかないだろう。

だが、珠江は何度も水を通したらしい木綿《もめん》の着物で、髪も地味な丸髷に結っていた。年の頃は三十代半ば、十五と十三の二人の息子がいるという。

梅乃が部屋に案内すると、「今日はお世話になります」とていねいに挨拶された。背中に物差しでも入れたように背筋がぴんとのびて、指先がそろっている。

丸吉屋は如月庵のお得意で、地方から来た取引先を如月庵で接待することも多い。だが、おかみが来るのは初めてだった。

「私があまりに疲れた顔をしているので、主人が気晴らしにどこかに行ったらと勧めてくれました。箱根《はこね》あたりの温泉はどうかと言われましたけれど、みんなが働いているときに私ひとり気ままをするのも申し訳ないから、近場でと申しましたら、それなら如月庵だと申しました」

「ありがとうございます。おやさしい旦那様ですね」

梅乃は言った。

「はい。私にはもったいない方です」

珠江は静かにうなずいた。

穏やかで優しい声だった。

梅乃が珠江の視線を追うと、赤とんぼを追う母子の姿を描いた掛け軸があった。


「ねぇ。あの人、本当に丸吉屋のおかみなの？」

梅乃が玄関の前を通りかかると、紅葉が声をかけてきた。

「そうよ。丸吉屋の番頭さんが送っていらしたもの」

「ふーん。だったら、なんであんな古い着物を着ているのさ」

たしかに大店のおかみというには、地味すぎる装いだった。

「老舗のおかみというのは、ああいうもんだよ」

下足番の樅助が話に加わった。

「ああいう地味な着物は着る人の品性が出るんだ。女中は女中にしか見えないし、おかみはおかみの風格が出る。あの人はちゃんとおかみの顔をしている。そこが分からないようじゃ、まだまだだな」

珠江には人目をひく華やかさはなかったが、品のいい整った顔立ちで、何人もの奉公人を束ねている貫禄のようなものが感じられた。

「気晴らしにどこかでゆっくりしたらと、ご亭主に勧められたそうです」

「なるほどな。たしかに少し疲れた顔をしていた。あれは、心が疲れているんだな。なにか、思い悩んでいることでもあるんじゃないのかねぇ」

縦助はつぶやいた。

その日の夕飯はめばるの煮つけに子芋の煮転がし、青菜の煮浸し、味噌汁に漬物だった。

家で食べるふだんの料理のような気がしたが、板前の杉治はこれがいいんだと言う。

「骨休めに来たんだろ。いつもと違うものを食べると体がびっくりして疲れちまう。ふだん食べているようなものを、ちょっと手をかけるくらいがいいんだよ」

めばるはしょうがをきかせ、酒としょうゆとみりんでさっと煮ている。たっぷりと酒を使うのが板前料理なわけで、身はしっとりとやわらかく、うまみを含んだ煮汁はとろりとからんでいる。里芋は淡いべっ甲色になるまで味を含ませ、青菜はしゃきしゃきと歯ざわりを残して、香りのいいかつおだしに浸してあった。

杉治は女のお客のときは芋やかぼちゃを煮て、やや甘めに仕上げることが多い。酒好きの男のお客の場合は煮物に使うのは芋ではなく大根やかぶ。少し苦みのあるうどや春菊などをぬたや和え物にする。

「まぁ、このお芋はほっくりとして、中まで味がしみているのねぇ。さすがに板前さんのお料理ねぇ」

珠江はひと口食べて顔をほころばせた。

「こんなおいしいものを、私一人で食べていいのかしら。子供たちも連れてくればよかったわ」

しかし、大きくなった息子たちは店の仕事を手伝ったり、友達と遊ぶのに忙しく、母親のお出かけについて来てはくれないそうだ。

最後の膳はご飯と漬物だった。

「まぁ、このなす」

珠江は声をあげた。

早採りの小さな固い、丸なすを板前の杉治が浅漬けにしたもので鮮やかな紫色をしている。きゅっきゅっと皮が鳴るほど実は張り切って、みずみずしいなすの香りと味が広がる。

「漬物が専門の丸吉屋のおかみさんに、こんな漬物はお恥ずかしいですがと、板前が申しておりました」

「そんなことはないわ。亡くなった母は家族のために毎年なすを漬けました。私も時期になると教わった通りに漬けてみるのですが、同じ味にならないんですよ」

珠江は大切そうになすを食べた。

「母の味を思い出しました。こんな風に歯ざわりよく仕上げるのは、どうしたらいいのかしら」

首を傾げた。


夜、裏庭で洗い物をしていると、紅葉がやって来た。二匹の猫が追いかけて来る。

「あんた、袂《たもと》に何か隠しているでしょう？」

梅乃が言うと、紅葉がにやりと笑った。

「杉治さんにかつ節もらった」

皿にはかつお節を混ぜた猫まんまが入っている。皿を草の上におくと、猫たちは争うように食べた。

「ずいぶん大きくなったねぇ」

半年前は小さな子猫だったが、今は立派な若猫だ。食べ終わると、ぱっと駆け出していく。柿の木に飛びつくと、爪をたててがしがしと登っていく。

「この子たち離れに出入りしているんだよ。いい飯をもらって力がついたらしい」

大きな声でにゃあにゃあ鳴いているから様子を見に行ったら、障子が細く開いて猫たちは入って行った。

「あんた、離れに行ったの?」

「近くまでだよ。猫が危ない目にあわされたらいけないと思ってさ。でも、大丈夫そうなんで安心した。妖術使いは猫好きなんだ」

「妖術使いを見たの?」

「見てない」

北の離れの宿泊客については桔梗がすべて取り仕切り、ほかの部屋係は関わらない。樅助や杉治は知っているはずだが、梅乃と紅葉には教えてくれない。

そんな風にひみつにされると、余計気になるのが梅乃と紅葉だ。実際に、奇妙な人影を見て、笑い声を聞いたのだから。

北の離れに侍が出入りしていることは、二人も知っている。

背はあまり大きくないが、肩幅の広いがっちりとした体格で、剣の達人であることがうかがわれる。

男は妖術使いに使われている者だと紅葉は主張した。

「えらが張って、目が細い。あの顔は、ややこしいことを考えるのは得意じゃない。妖術使いは人の裏の裏をかく商売だから、ああいう男を手なずけるのはお手の物なんだ」

どこから仕入れたものかは知らないが、かなりの自信を持って断言する。

猫たちは木登りも飽きて、紅葉のそばに戻り、毛づくろいをはじめた。

「離れに行ってみようよ。今、桔梗さんは母屋だ」

紅葉がささやいた。

梅乃はあたりを見回した。

人気はなく、静かだ。

そっと足音をしのばせて北の離れに近づく。

「話し声が聞こえる」

紅葉が雨戸に耳を押し付けた。

「それは、だめだよ……」

盗み聞きではないか。いくらなんでも、それはやり過ぎだ。

「じゃあ、なんなら、いいんだよ。そこに立って聞くのならいいの？」

紅葉の声は怒っている。ぐいと腕を引っ張られて、梅乃も雨戸に体を寄せることになった。

「嫌だ、嫌だ」

子供の声がした。

そして、しんと静まった。

気づかれたか。

急に怖くなって、梅乃は紅葉の手を引いて逃げ出した。


ひみつを守るには身内に注意せよ。

これは鉄則だ。

如月庵には八百屋に豆腐屋と毎日たくさんの人が出入りする。豆腐屋の手代が最近変わった。以前は中年の無口な男だったが、新しく来たのは若者だ。やたらと愛想がよくて仲居たちに話しかける。きょろきょろとあたりを見回しているから、何かを探っているのかもしれない。用心しなくてはと思う。

だが、一番やっかいなのは身内。とくに、紅葉と梅乃だ。

なにしろ姿を見られてしまっている。

忠輔が幽霊ということにしたいと妙な笑い声を聞かせたのはまずかった。かえってあの二人の興味を引いてしまったらしい。

さっきも離れの外で人の気配がした。

守継が外に出たいと駄々をこねていたときだ。

桔梗の顔つきが変わったので、守継は声をひそめた。賢い子供だ。だからよけい気の毒になる。狭い部屋の中は退屈に違いない。

桔梗はため息をついた。

「桔梗、外を見たい。月は出ているかな」

守継が言った。

「おとといはこのぐらいの時間、竹林の真上にあったが、昨日は少しずれていた。月は毎日位置を変える。満ち欠けとどんな関係があるのだろう」

「申し訳ありません。桔梗はよく分かりません」

守継は毎日、月の様子と動きを帳面につけている。季節によって軌跡が異なるので、見比べてみると面白いのだそうだ。

明解塾の師範代をしている晴吾なら、守継の問にきちんと答えることができるかもしれない。和算好きの源太郎もいい友達になるだろう。いっしょに遊ばせてやりたいと思った。

桔梗が高窓をそっと開くと、守継は台に上って外を眺めている。暗い窓からは黒々とした竹林と星と月しか見えなかった。

2

翌朝、梅乃が部屋に行くと珠江がぼんやりと座って庭を見ていた。

「夕べ、母の夢を見ました。あのおなすの漬物のせいかしら」

梅乃は朝一番のお茶を用意しながら、そっと珠江の顔を見た。

「夢に出て来た母は悲しそうな顔をしていました。そして、私に『やさしいおっかさんじゃなくて、ごめんね』と謝ったんです」

珠江はうつむいた。

梅乃は何と言っていいのか分からなくなった。

珠江の目がぬれていた。黙って自分の手を見ている。

朝食のお膳を運ぶ頃になると、珠江は少し落ち着いた様子だった。

お膳には、白い温かいご飯にしじみの味噌汁、青菜とじゃこの煮浸しに、かますの一夜干しがのっている。珠江が青菜を噛むシャキシャキいう音が部屋に響いた。

一晩風にあてたかますは身がしまって淡い紅色をして、しっとりとしてやわらかい。

天気のいい気持ちのいい朝で、小鳥のさえずりが聞こえた。

朝ご飯を終えて一息つくと、珠江は窓の外をながめた。

窓から見える不忍池は、緑の蓮《はす》の葉が揺れているはずだ。

梅乃が香ばしいほうじ茶を入れると、珠江は少し語りだした。

「私の母は五年前に亡くなりました。五十半ばでした。その母のことが、最近気になっているんです。気鬱の原因は母のことなんです」

夢に出て来た母親は、娘に何を謝ろうとしたのだろう。

けれど、梅乃は何もたずねなかった。

「おいしいお茶ね。あなたは、お茶をいれるのが上手だわ」

珠江が言った。

「私、行ってみたい場所があるの。でも、それがどこか分からないのよ」

「どんな所ですか？　如月庵には物識りの下足番がおりますから、その者にたずねたら何か分かるかもしれません」

珠江は考えている。

「もう三十年以上前になるかしら、私が六歳ぐらいのとき、母と二人でお寺に行ったの。坂の上から富士山が見えました」

「富士山が見える坂の上で、近くにお寺があるんですね。そのお寺のこと、ほかに何か覚えていらっしゃいますか？　きれいなお花が咲いていたとか、お祭りをしていたとか」

「人がたくさんいたわ。お祭りだったのかしら？　そこで私と母はとっても楽しくて笑ったの。久しぶりに母の笑顔を見たので私もうれしくなったのを覚えています。そんなことで、分かるかしら？」

珠江は困ったように首を傾げた。

「探してみます。少々お待ちください」

梅乃は言った。

梅乃は下足番の樅助に相談した。

「富士山が見えるって言ったら、富士見坂かもしれないなぁ」

高台に上れば富士山が見えるから、江戸にはあちこちに富士見坂がある。

「丸吉屋は上野だろ。子供の足で行けるところと言ったら、そうだなぁ。案外、本郷の富士見坂あたりかもしれねぇぞ。たしか、脇に寺があった」

本郷の富士見坂なら如月庵からもそう遠くない。

梅乃は部屋に戻ると、珠江に言った。

「お客様、本郷の富士見坂かもしれませんよ。これから、一緒に行ってみませんか？　いいお天気で外は気持ちがいいですよ。私がご案内いたします」

「そうねぇ、行ってみようかしら」

珠江はうなずいた。


夜、戻って来た忠輔にお茶をいれた。

「涌衣はお茶をいれるのがうまいな」

忠輔が言った。二人になると忠輔は涌衣と呼び捨てにする。桔梗もちゅう兄と呼んでいた頃の気持ちに戻るような気がする。

「お茶をいれるのは部屋係の基本。最初の仕事なの」

「涌衣のいれたお茶を飲む日が来るとは思わなかったよ」

「そう？」

「だって涌衣はお屋敷のお姫様だし、俺は五人扶持《ふち》の貧乏侍だ」

「子供の頃はいっしょに遊んでいたじゃない」

「そりゃあ、子供の頃は子供の頃さ」

「ちゅう兄は遊びの名人だったわね。いつも大将だった」

神社の裏の茂みが遊び場だった。

——ここが砦だからな。攻めてくる敵をやっつけろ。

ちゅう兄はいつも「いい方の大将」で、迫ってくる敵を追い払った。

「そりゃあそうさ。俺は一番になりたかった」

忠輔はうれしいような悲しいような顔をした。

桔梗の胸の奥がしくりと痛んだ。ふるさとの山並を見たいと思った。

左手に湯島天神を見ながら、如月庵の前の坂を上ると本郷である。

湯島は庶民の町だが、本郷は侍の町だ。壮麗な大名屋敷が続く。

どこも立派な門があり、高い塀で囲まれていて、木々がうっそうと茂っている。

どこからか風にのって花の香りが流れてきた。

「この先をまっすぐ行くと、富士見坂になります」

梅乃が言った。

「今日はお天気がいいから、富士山がよく見えるでしょうね。楽しみだわ」

珠江は笑顔を見せた。

「私の母はね、お裁縫もお料理もなんでもよくできたのよ。やさしくて、みんなに慕われていたわ」

「自慢のお母様だったんですね」

「ええ。もちろん。娘の私が言うのもおかしいけど、とても姿のいい、きれいな人だったの。若い頃は上野小町なんて言われたこともあったんですって」

珠江は少し得意そうな顔になった。

「でも、仕事の面では厳しかった。私は母を見て、おかみのあるべき姿を学んだのよ。母という手本があったから、私のようなものでも、おかみが務まっている」

「お客様は立派なおかみだとうかがっています」

「いえ、私は母の足元にも及びません。母はすばらしい師匠でした。私は母を誇りに思っています」

珠江は繰り返した。

やがて富士見坂が見えてきた。

「もうすぐです。この先です」

梅乃たちは足を速めた。

坂の上に立つと、手の平ぐらいの大きさに富士山が見えた。青空にきれいな稜線を描いている。樅助が今日は湿気が少ないから富士山がよく見えると言ったが、その通りだった。

「きれいねぇ」

そう言ったまま、珠江は黙った。

坂の脇には寺がある。小さな古い寺で、お堂まで石畳が続いている。

珠江は寺の中に入っていった。境内には人影はなく、大きな楠木があった。珠江はその幹を見上げた。

「立派な楠木ねぇ。葉が青々と茂っている」

そして何か考えている。

きっとここではないのだ。

「すみません。ここではなかったですね」

梅乃は言った。

「いいのよ。そんなにすぐ見つかるとは思っていないわ。せっかくだから、二人でお参りしていきましょう」

珠江はやさしい顔をした。

帰り道で、珠江が言った。

「私、さっきから考えていたのだけれど、お寺で何があったのかしら。ふつう、お寺では笑わないでしょ」

「そんなことないですよ。家の近くのお寺では大晦日《おおみそか》には甘酒のおふるまいがありましたし、子供の頃は節分の豆まきも楽しみでした。姉とお寺の境内でかくれんぼをしたこともあります」

「たくさん人がいたから、お祭りだったのかしら」

珠江は首を傾げた。

「あの日、母は笑ったんです。大きな声で。そんなこと、めったになかったから覚えているんです」

「お母様が笑うのはめずらしいことだったんですか？」

「あら、だって、大人になったら大笑いはしないでしょう？　それに一生懸命に働いているときに笑うのはよくないわ。不真面目よ」

珠江は当然のことというように答えた。

「笑うのはいけないことですか？」

「真剣じゃないでしょ」

珠江が当然のように言うので梅乃は少し面くらった。

如月庵ではみんなよく笑う。

樅助は時々面白いことを言うし、気難しそうな杉治も冗談を言うことがある。紅葉ときたら、しょっちゅう変なことをしでかして、みんなを笑わせる。笑い過ぎて、桔梗に怒られるのもたびたびだ。

仕事が忙しくて疲れていても、お客に無理難題を言われて腹が立っていても、思うように進まなくてイライラしていても、笑うと忘れてしまう。

笑うことは不真面目とは違う。そう思っていた。

違うのだろうか？

梅乃は珠江の物差しでも入っているようなまっすぐな背中や、ぴんとのばした指先をそっと見た。

「分かりました。めったに笑わないお母様が笑うようなことがあったんですね。もう一度、探してみます」

梅乃が言うと、珠江は申し訳なさそうにうなずいた。

梅乃はもう一度、樅助のところに行った。

「お寺でなにか催しがあって、めったに笑わないお母さんが笑ったんだそうです」

「なんだろうなぁ。神社の縁日なら曲芸師とか来ることがあるけどなぁ」

樅助は玄関の隅に腰をおろして考えている。紅葉が来て、話に加わった。

「お寺で怖い思いをすることはあるよね。お墓もあるし。なかでも怖いのは地獄絵だね」

紅葉のふるさとのお寺に地獄絵があって年に一度、お坊さんがその絵を見せながら講話をするのだそうだ。

「地獄の針の山には太くて長い針がいっぱい生えているんだ。鬼に追われて裸の男や女がその山を登って行く。血をだらだら流しながらさ。それから、大きな釜の中には人間の手足がいっぱい入っていて、ぐらぐらゆでられているんだよ。大きなやっとこで、鬼が舌を引っこ抜いている。もう、絵が真っ赤。血だらけなんだ」

紅葉はうれしそうな顔をしている。人一倍の怖がりのくせに誰かを怖がらせるのが好きなのだ。

「一度、生意気な奴がいたからそのお堂に閉じ込めてやった。そいつったら、わんわん泣いたよ」

女だてらにガキ大将だったらしい。紅葉が地獄絵のあるお堂に子供を閉じ込めたことはすぐ知れて、こっぴどく叱られたそうだ。

「そうだ、たしか谷中《やなか》に話のうまい坊さんがいたな。難しい話ばかりじゃ、人が来ないだろ。だから落語で笑わせて、その後、講話をするらしい」

樅助が言った。

「そうだよ。その落語を聞いて、そのお母さんは大笑いをしたんだ」

紅葉が決めつける。

梅乃は以前行った寄席の様子を思い浮かべた。

正面に舞台があって、そこで落語家が噺《はなし》をする。お客は職人やお店者が多かったような気がする。飲み屋の女というような感じの人もいた。しゃべったり、笑ったり、お酒を飲んだりしている。

よくいえば、ゆったり。悪くいえば、少々だらしない。

仕事に厳しくて、おかみの手本のようであったという珠江の母親が、落語を聞きに寺に行くだろうか？

「違うかもしれません」

「まぁ、そうかもしれねぇな。落語ってぇのは下世話なもんだからな」

縦助はそう言うと、「よし」と膝を打った。

「また、無駄足になっても困る。梅乃が先に寺に行って様子を見て来たらどうだ？　それで、ここかもしれねぇって思ったら連れて行けばいいんだ。あ、それからさ、丸吉屋さんのことは、おかみさんがよく知っているから、一度聞いてみたらいいよ」


梅乃はおかみのお松の部屋に行った。

お松は長火鉢《ながひばち》の脇で帳面をつけていたが、梅乃の話を聞いてくれた。

「丸吉屋さんのことは昔からよく知っているよ。先代、つまり三代目のおかみはお香《こう》さんと言ってね、よくできた人だった。ご亭主と二人で傾きかけた店を立て直したんだよ」

二代目が亡くなったとき、大きな借金があることが分かった。お香は二十七歳だった。

「まず、それまでの丸吉屋のやり方をすっかり変えた。家の者は奉公人の手本となることとして、率先して働いた」

お香は夜明け前に起きて女中たちといっしょに廊下を雑巾がけし、庭を掃いた。着るものもふだんは地味な木綿で、晴れ着を着るのは年に一度の正月だけ。

食事は朝も夜も、奉公人と一緒に同じものを食べた。

朝はご飯に汁に目刺しと漬物。夜は目刺しが煮魚か焼き魚に代わり、青菜のお浸しか和え物。主人と番頭にだけ、酒が一合ついた。

「お香さんは本所《ほんじょ》の大きな乾物屋さんの娘さんだからね、お嫁に来るまで雑巾がけなんてしたことなかったと思うよ。だけど、おかみがそれをするから、奉公人もついて来るんだ。何年もしないうちに借金をみんな返した。珠江さんは今でもその教えを守っているんだね。着物の着方も髪型もそっくりだ。あたしは最初、お香さんが来たのかと思ったよ」

お松は言った。

梅乃は樅助に教えられた九品寺《くほんじ》という寺に向かった。

谷中は坂と寺の町である。至る所に坂道があり、まっすぐだったり、曲がりくねったりしながら続いている。そしていたるところに寺がある。

九品寺は坂の上にあって富士山が見えた。

大きな石の門はちょうど講話の始まる時間だったらしく、人々が次々中に入って行った。ほとんどが女だった。年寄りが多いが、若い女もいる。おかみさん風の子供を連れた人もいた。

梅乃もその人たちと一緒に本堂に向かった。

板の間には座布団が敷いてあって、八分ほど人が入っている。正面は一段高くなっていて演台になっているらしい。

梅乃は端の方に座った。しばらくすると、本堂は人でいっぱいになった。みんな譲り合って座っている。若いおかみさんが抱いた赤ん坊がむずかると、隣の人があやしている。なんだか温かい雰囲気である。

出囃子《でばやし》にのって、つるりと頭の禿げた男が出て来た。どうやら噺家らしい。ころりと丸い体をしている。その姿を見ただけで、みんな笑った。

「えー。毎度ばかばかしいお話を一席させていただきます」

また笑う。

生まれた子供に長生きするようなおめでたい名前を付けるという寿限無《じゆげむ》の話である。

八五郎《はちごろう》が物識りのお寺の和尚《おしよう》さんに名付け親になってもらおうと頼む。

「では経文の中に寿限無というのがあるがどうじゃ。寿限無とは寿《ことぶき》 限りなし、つまりおめでたいことがずっと続くという意味じゃ」

もうここでくすくす笑いがおこる。歯の抜けた年寄りも、赤ん坊を抱いたおかみさんも、その腕の中の赤ん坊も笑っている。

梅乃は気づいた。みんな笑うためにここに来ているのだ。笑うつもりで身構えている。

だから噺家が出て来ただけで笑うのだ。

「やぶらこうじのぶらこうじパイポパイポパイポのシューリンガン、シューリンガンのグーリンダイ……」

こうなると笑いが止まらない。大きな声をあげて笑い転げる。

「おあとがよろしいようで」

噺家が引っ込んで、しばらくすると、墨染の衣を着たお坊さんが出て来た。よく見ればさっきの噺家である。

今度はまじめな様子で仏様の話をした。

話が終わってみんなが立ち去り始めた。梅乃は隣のおばあさんにたずねた。

「さっき話をした方は、このお寺のご住職さんなんですか？」

「そうだよ。噺の方は洒落だね」

余技ということだろう。

「昔は途中で噺を忘れたり、言い間違えたり、はらはらさせられたけど、この頃は安心して聞いてられるよ。寿限無はずいぶん上手になった。あとは、まだまだだけどね。落語をはじめてそろそろ二十年、いや三十年になるからねぇ」

おばあさんは住職のご贔屓《ひいき》でもあるらしい。

別のおばあさんが話に加わった。

「あれ？　見かけない顔だけど、あんたも噂を聞いて来たのかい？」

「ええ、まぁ」

梅乃が答えると、もう一人、おばあさんが話に加わった。

「まあね、何があったか知らないけど、ここでたんと笑ってさ、そうすりゃ、また、いいことがあるさ。人間万事《ばんじ》塞翁《さいおう》が馬ってぇのを知っているだろ？」

「なんだって、財布を忘れた？」

「なにが財布だよ、馬の話だ」

「馬には乗ってみろ、財布なら拾ってみろってさ」

おばあさんたちは冗談を言い合って笑っている。

その様子がとても楽しそうで、梅乃も一緒になって笑ってしまった。

九品寺では三十年近く前からこうした落語会をしているらしい。誰でも来て話を聞くことができる。

だから、珠江が母と来たということも考えられる。

珠江を連れて来てみようか。

けれど珠江と落語がどうも結びつかない。

しばらく考えて気づいた。

背中が違うのだ。

落語を聞くときはみんな肩の力を抜く。当然、背中も丸くなっている。珠江のものさしを入れたようにまっすぐな背中で思い浮かんだ。

「どうしようかなぁ」

考えながら歩いていたら、名前を呼ばれた。姉のお園が手を振っている。隣には桂次郎がいた。

「さっきから名前を呼んでいたのよ。気づかなかった？」

お園は言った。往診の帰りだそうだ。

「こうして並ぶとよく似た姉妹ですね」

桂次郎が言った。

「似てないですよ」

梅乃は思わず大きな声を出した。

お園は色白でおとなしげなきれいな顔をしている。梅乃は色黒で、くるくるとよく動く大きな目だ。愛嬌があると言われるが、きれいだとか、美人と言われたことはない。

「そうですか？　私は似ていると思いますけどねぇ」

桂次郎は言った。相変わらずびんのところから巻き毛がとびだしている。浅黒い肌に黒い瞳で、整っているとはいえないがどこか魅力のある顔立ちだ。手足が長いので色のあせた藍色の筒袖から手首が出ていた。

言葉に少し訛りがあった。

「長崎の言葉なんですよ。みなさん、私のことを長崎帰りとおっしゃるけど、長崎生まれだから、正しくは江戸行きなんです」

桂次郎の黒い瞳が梅乃を見つめている。梅乃は胸がどきどきして、恥ずかしくて顔がまっすぐ見られなくなった。


宗庵の医院に戻る桂次郎とお園と別れ、上野広小路を歩いていたら、また、声をかけられた。

「おや、あんた、さっきうちの寺にいただろ。俺の話を聞いて笑ってくれたよな」

よく見れば住職である。墨染の衣ではなく落語を話していたときのように着流しで、隣には同じような風体の人がいる。

「あれっ、ご住職じゃないですか？」

梅乃が言うと、住職が笑った。

「今は噺家の松葉家《まつばや》茗荷《みようが》。こっちはあたしの落語の師匠で、権太楼《ごんたろう》さん」

権太楼と呼ばれた男がたずねた。

「茗荷の噺はどうだった？　少しは笑えたかい？」

からかうような目をしている。

「笑いました。隣にいらしたお年寄りの方がよく笑うので、びっくりしました」

「あすこに来るのは、箸が転んでも笑うような年ごろのお嬢さんばかりだからねぇ」

権太楼と茗荷は顔を見合わせてカラカラと笑った。

「今度、知り合いの方をお連れしようとか、考えています」

「その人も笑いが足りねぇのか？」

「胸につまったものがあるらしいです」

「病気か？」

「いや、そうじゃなくて」

「金に困っているのか？」

「大きなお店のおかみさんです。商いも繁盛しています」

「ふうん」

そう言うと、梅乃の顔をのぞきこんだ。

「そんな恵まれた人がなんでそんなに悩むんだろうって思ってねぇか？」

「まぁ、少しは」

梅乃はうなずいた。

「そうだよな。世の中には今日の飯にも困るような貧乏な人とか、苦しんでいる病人とかもいるもんな」

「はい」

「だけどさ、人の悩みの深さはそれぞれで人と比べるもんじゃないんだ。あなたの悩みは、あっちの人の悩みから見たらたいしたことないなんて、口が裂けても言うんじゃねぇよ」

「言ってません」

「ならよかった」

茗荷は住職の顔になって言った。

「四苦八苦っていうだろ。あれは仏様の言葉なんだ。生老病死で四つの苦しみ。それに、愛別離苦、怨憎会苦《おんぞうえく》、求不得苦《ぐふとくく》、五蘊成苦《ごおんじょうく》を合わせて、八苦だ」

生は生きていくこと、そのもの。

老は年老いること。

病は病気。

死は死ぬこと。

ちなみに、愛別離苦は愛しているものと別れること、怨憎会苦は恨み憎んでいるものと会うこと、求不得苦は求める物が得られないこと、五蘊成苦は心と体が思うままにならないことを指す。

「最初に来るのが『生』だ。病気や死ぬことよりも、とにかく生きることが苦しい。生きるだけで大変なんだ。真面目で一生懸命な人ほど、自分の胸に溜めちまうからさ。それは分かってやれるね」

「はい」

「男は酒飲んだり、いろいろ気晴らしの場所があるけどね、女の人はないだろ。だけど、寺だったら来られるんじゃないかなってあの会をはじめたんだ。だからさ、笑ってくれればいいんだ。仏様の話なんておまけだ」

権太楼が住職の脇腹を肘で軽くついた。

「かっこいいこと言ってるけどさ。ほんとのところは、手前《てめえ》がしゃべりたいだけなんだ。こいつの親父は違ったよ。いい坊さんだった。悩みのある人の話を真剣に聞いてた」

「それを言うなって。俺だって、最初はちゃんと話を聞いてたんだ。親父がさ、立派なことを言おうなんて思っちゃいかん。ただ黙って座って、相手の言葉に耳を傾けろ、なんて言うからその通りやったよ。だけどさぁ、話がなげぇんだ。こっちは腹は減るし、腰は痛くなるしでまいったよ」

ひとつ、ご相談したいことがありましてと、次々相談者がやって来た。

話は二十年前、いや五十年前に遡る。

あの一言がどうにも許せない、あの仕打ちだけは思い出してもいまだに腹が煮えると、恨みつらみがあふれ出て来る。親兄弟、舅姑、嫁に婿。さまざまな人が登場し、それらはもつれた糸のようにこんがらがって、時には固い結び目になっている。そもそも何が問題なのか。どうしたいのか本人も分からないのではあるまいか。

「そんで、翌日、別の人が来るんだけどさぁ、話の中身はほとんど変わらねぇんだ。いや、それぞれ違うんだよ。だけど、大本《おおもと》のところは似てるんだ。で、そのうち聞いてる俺のほうがまいっちまった」

大きなため息をついた。

「それで落語をしゃべることにしたんですか？」

梅乃がたずねた。

「そうだよ。大きな口開けて笑えば、気持ちが晴れる。まぁ、俺にできるのはせいぜい、その程度だよ。まぁ、できる話は五つだけだ。長い話は覚えられないんだ。だから、名前は茗荷」

茗荷はお経を覚えられないお坊さんの名で、茗荷を食べると物忘れをするという。

「その人も連れておいでよ。毎日、やっているからさ」

その言葉で少し元気が出た。

梅乃は如月庵に戻ると、珠江を九品寺に誘った。

珠江は少し考え、「行ってみたいわ」と答えた。


廊下で紅葉が待っていた。

「あのさ、おかみさんが呼んでる。部屋に来いってさ。どうも、離れに行ったことが知れたらしい」

「叱られるの？」

「うーん、そうかも」

二人でお松の部屋に行った。お松は長火鉢の脇に座っていた。

「来たかい。ここにお座り」

お松の大きな力のある目が梅乃を見ている。

「お前たちは離れのことが気になって仕方がないらしいねぇ。桔梗の目を盗んでこそこそ嗅ぎまわっているというのは本当かい？　あそこは近づいてはいけないと言われていただろう」

おだやかな言い方だが、有無を言わさぬ強さがある。

「申し訳ありません」

梅乃と紅葉はガバリとたたみに頭をすりつけた。

「まったく、しょうがないねぇ。どうせ分かることだから、聞かせてやる。北の離れにいらっしゃるのは、六歳の男の子だ。病気が治ったばかりで外に出られない」

梅乃が見たのはその子供か。

「そうだ。それに警護の侍が一人。いろいろ事情がある子供だ。それで来てもらったのは、ほかでもない。お前たちに遊び相手になってもらいたいんだ」

「遊び相手？」

紅葉が顔をあげた。

「おつむの程度がちょうど良さそうだからね」

梅乃と紅葉は六歳なみか。がっかりしたのは梅乃だけのようだ。

「分かりました。任せてください」

紅葉は元気よく答えた。


桔梗に連れられて梅乃と紅葉は離れに行った。

次の間で忠輔という武士に会った。

「守継様をよろしくお願いいたします。ずいぶん元気になられましたが、お一人で国元を離れて、淋しい思いをされていると思います」

丁寧に挨拶をされた。

その守継は襖の向こうの十畳にいた。

白い着物を着て、床の間を背に座っていた。

ああ、夜見たのはこの顔だ。

梅乃は思い出した。

幽霊と思ったのも仕方がない。

やせて顔が三角だ。色も生白い。外に出たことがあるのだろうか。この年頃の子供の顔は、もう少しふっくらしているはずではないのか。

守継は癇《かん》の強そうな瞳で、二人をじろりと見た。

「遊び相手というからどんな奴が来るのかと思っていたら、なんだ、女中か」

甲高い声である。

「ちょうど年ごろの男の子がおりませんで、申し訳ありません」

忠輔が言った。

「女は嫌だなぁ、すぐ泣くし」

紅葉の頬がぷっとふくらんだ。


遊び相手を探したいとお松に相談したら、梅乃と紅葉がいいだろうと言われて、桔梗は驚いた。よりにもよってあの二人か。

「大丈夫でしょうか」

桔梗がたずねると、「子供同士仲良くやるだろ」とこともなげに答えた。

忠輔は「お任せします」と言う。

困った。


「そんなことはないよ。女だからって、すぐ泣くわけじゃない」

紅葉が大きな声で言った。ガキ大将だった頃の紅葉に戻ったような顔をしている。

しかし、紅葉は十七だ。六つの子供を相手に、何を争っているのだ。

梅乃はあわてた。桔梗も苦い顔をする。忠輔だけが紅葉の変化に気づかない。

「では、よろしくお願いします」

桔梗と忠輔は部屋を出て行ってしまった。

「それでは何をして遊びましょうか」

「そうだなぁ」

守継の返事を待たずに紅葉が言った。

「カルタはどうですか？　いろはカルタとか」

「子供っぽいなぁ。まぁ、いいか。それで」

紅葉がふんと鼻を鳴らした。

梅乃が札を読み、守継と紅葉が対戦することになった。

「犬も歩けば棒にあたる」

最初の札は紅葉が取った。守継は悔しそうな顔をした。

「論より証拠」「花より団子」

紅葉は一切の手加減をしない。次々札を取っていく。守継の口がへの字になった。

「破《わ》れ鍋に綴《と》じ蓋」

守継が素早く札に手をついた。

「ああ残念だったね、それは『わ』じゃなくて『ぬ』だよ」

紅葉が鼻で笑った。守継の目が三角になった。すでに紅葉は七枚の札を取っているが、守継は一枚も取れていない。

「さっきから、読まれるのはお前の近くの札ばかりじゃないか。ずるいよ」

「だったら、席を替わろうよ。あんたがこっちに来ればいい」

席を入れ替わったので、紅葉は上座になった。

梅乃ははらはらしてきた。これから先、どうなるのだろう。

結局、四十八枚の札を紅葉が一人で取ってしまった。

「お粗末様でございました」

紅葉が挨拶しても、守継は唇をかんでうつむいている。顔が真っ赤だ。

長居は不要だ。梅乃は素早くカルタを片付けた。

「今日はこんなところでよろしいでしょうか」

紅葉の袖を引っ張って立ち上がらせ、部屋を出る。振り返ったら、守継は石のように固まっていた。

「ねぇ、相手は六歳の子供だよ。あんなにこっぴどく負かすことなかったじゃないの」

廊下に出ると、梅乃は紅葉に突っかかった。

「何言ってんの。そんな風に甘やかすから、生意気な子になるんだ。『若様、ほら、こちらに札がございますわよ。早くお取りあそばせ』なんて、言えるか」

「何をそんなに怒ってるの」

「怒ってなんかないよ。正しく遊んだだけだ」

紅葉は口をとがらせた。

「あのね、これは仕事よ。おもてなしなのよ。病み上がりの若様のお相手をして、機嫌よくしてもらうの」

「そんなこと、いつ言われた？　あたしたちは遊んでいるんだよ。遊びっていうのは、厳しいもんなんだ」

梅乃はため息をついた。

今の紅葉にどんな理屈も通らない。

3

翌日、梅乃は珠江を九品寺に連れて行った。

珠江は寺の大きな門を眺めて言った。

「ああ、たしかにここです。この門に見覚えがあります」

「じゃあ、その時も、ここで落語を聞いたんでしょうか？」

「そう、かもしれません」

九品寺の境内にはその日もたくさんの人が集まっていた。本堂はほとんどの席が埋まっていて、梅乃たちは後ろの方に空いた場所を見つけて座った。

梅乃の前には大柄な女の背中があり、珠江の隣はどこかの奉公人らしいやせて年取った女が座っていた。

女たちは知った顔があると大きな声で名前を呼び、手招きをした。懐から取り出した菓子を分け合ったり、話し込んだりしている。

そんな中で珠江だけが背筋をぴんとのばし、生真面目な顔で前を向いていた。

大丈夫だろうか。

楽しんでくれるだろうか。

梅乃はちろちろと隣の珠江の様子を眺めながら座っていた。

やがて住職が現れて落語になった。

噺はこの前と同じ寿限無だった。

相変わらずお客たちは住職が出て来るだけで笑う。大きな声で笑うから、笑い声で住職の声が聞こえなくなるほどだ。

珠江は相変わらず姿勢をくずさずに聞いている。

面白くないのだろうか。

梅乃は珠江が気になって仕方がない。

「寿限無寿限無」と長い名前を言うことろで少し笑った。

固い笑顔だったが、梅乃は安心した。そうしたら自分も笑えてきた。

気がつくと珠江も笑っている。ささやかな品のいい、静かな笑いだった。

落語が終わって住職が引っ込んだ。

「いかがでした？　楽しめました？」

梅乃がたずねた。

「ええ。おかげさまで、こんなに笑ったのは久しぶりです。母も、こうして笑っていたんでしょうか」

珠江は笑顔で言った。

住職の講話になった。

お釈迦様と弟子の話をした。住職が話すとお釈迦様は長屋の大家さんで弟子たちは熊さん、八っつぁんのようだ。

そういう話を珠江はまじめな顔をして聞いている。

講話が終わると、本堂にいた者はぞろぞろと庭に出て来た。お茶がふるまわれ、てんでに固まっておしゃべりしている。

梅乃たちも庭に出た。お茶を受け取って帰って来ると、珠江は静かに座っていた。視線を追うと、四、五歳の女の子と母親を見ていた。

帰りの道のりを珠江はほとんど何もしゃべらなかった。何か、一人で考えている様子だった。

湯島の坂にさしかかった時、梅乃は思いきってたずねた。

「先ほど、母子を見ていましたが、お母様のことを思い出していらっしゃったのですか？」

「ええ。私たちもあんな風だったのかしらと思って。そうしたら、いろいろなことが思い出されました」

珠江は遠くを見る目になった。

「あの頃、丸吉屋が一番大変なときだったんです。だから、母は一日一日を必死に綱渡りでもする気持ちで生きて来たのだと思います。あの頃の母は今の私よりもずっと若かった。だから、間違えることも、行き過ぎたこともあったと思います。それは仕方がないのです。母は一生懸命で、自分にできることを精一杯頑張った。立派だと思います」

珠江はきっと顔をあげた。

「でも、これだけは言いたいのです。私はやっぱり悲しかった」

唇が白くなるほどきつくかんだ。

「私は千代紙《ちよがみ》を箱に貼ったり、お人形さんの着物にするのが好きでした。箱にたくさん集めていて、眺めたり、切ったり、そんな風にして遊んでいました。でも、何度か片付けるのを忘れて部屋を散らかして叱られました。母はもう一度、散らかしたら、集めていた千代紙を捨てると言いました」

珠江はつかれたように語り始めた。

「ある日、私は初めてお人形の着物を作ってみました。桜の花を切り抜いて、青い紙にはって、裾の方はまた別の桜の花をはって。夢中になって時を忘れました。その頃、私は以前のようなきれいな着物ではなく、使用人と同じ藍色の木綿の着物を着るようになっていましたから、お人形の着物を作るのが本当に楽しかったのです」

部屋には千代紙のきりくずが散らばった。

「そのとき、女中が琴のお稽古の時間だと呼びに来ました。私は間に合わないので千代紙を部屋の隅に寄せてそのまま出かけました」

稽古から戻って来ると千代紙は全部捨てられていた。座敷に散らばっていた分だけでなく、箱にしまってあった分もすべて。新しい着物を着せた人形も一緒に。

珠江は泣いた。女中も一緒に謝ってくれたが、母は約束だと言って相手にしなかった。千代紙はすでにかまどに投げ入れたと言われた。

「台所に行くと、かまどの火は赤々と燃えていて、かまどの周りに燃え残った千代紙が見えました。そのときの悲しい気持ちは今も忘れられません。確かに約束です。でも、ちゃんと部屋の隅に片付けて出かけていったのです。そこまでする必要があったのでしょうか」

珠江の顔はゆがんだ。まるで、その場にいあわせたかのように切ない顔になった。

「それから……」

珠江が八歳のとき、金魚を飼うことが流行《はや》った。友達はこぞって金魚を飼って、見せあった。

「夏になると行商人が売りにくる、赤い、どこにでもある普通の金魚です。でも、母は贅沢だと言って許してくれませんでした。丸吉屋の懐が厳しいことは私も知っていました。でも、子供に金魚を買ってやれないほどではないのです。それに、もしそうならば、ちゃんと言葉で説明をしてくれればよかったのです。母は私に、ただ、いけない、無理だ、贅沢だと言いました。金魚がなければ友達の輪の中に入れない。私は淋しかった」

珠江の話は続いた。

年ごろになって、よその娘たちが着飾るようになっても珠江は木綿の着物を着ていた。その着物でお琴やお茶や踊りの稽古に行った。ほかの娘たちのきれいな着物がうらやましかった。

「そんな風に思うことは母に対して申し訳ないと分かっていました。でも、やっぱり年ごろの娘だったから、きれいにしていたかったんです」

娘たちは帰りに茶店に寄っておしゃべりをしたが、珠江は店の仕事があるので帰らなければならなかった。たまに茶店に寄ることもあったが、流行りの店も芝居も知らなかったので話題についていけなかった。

「漬物の仕事は水を使うので冷えます。夏はまだいいのですが、冬は体の芯から凍えました」

大根、なす、青菜など野菜を洗って塩をふって樽に並べて重しをおく。あるいは塩水に漬ける。珠江の手も足もあかぎれになった。

「友達にどうして、そんな手をしているのと聞かれました。私は恥ずかしかった」

話し終えると珠江は肩を落とした。

「母は正しいのです。立派です。祖父が残した借金を父とともに働いて返しました。私は母が好きです。誇りに思っています。だけど、悔しくて、悲しくて、切なかったのもやっぱり本当なんです。母は夢に出て、私に謝りました。そのときの悲しそうな顔を忘れられません。あんなに立派で一生懸命な母に謝らせるなんて、私はなんと親不孝な娘でしょう」

珠江は道端に座り込むと、声をあげて泣き出した。涙が次々と溢れて袖をぬらした。

梅乃は呆然とした。

寺に連れて行ったことは間違いだった。

珠江の傷はさらに深くなってしまった。

どうしたらいいのだろう。

「お客様、宿はもうすぐです。帰りましょう」

珠江はいやいやをするように首をふった。

「そんな風に思い詰めないでください。お風呂もわいております。ゆっくり休んだら気持ちが落ち着きます。ぜひ、そうしてくださいませ」

梅乃は珠江を立ち上がらせ、宿に向かった。

部屋についても珠江はまだしばらく泣いていた。梅乃がお茶を持って行くと、居住まいを正して言った。

「いろいろありがとうございます。明日の朝、こちらを発って店に戻ります」

「よろしいのですか？」

梅乃は驚いて言った。珠江のまぶたは赤くはれている。

「ええ。休んだりしたから母のことを思ってしまったのです。いつものように働くのが、私の性に合っています」

珠江は言った。

梅乃はお松の部屋に行き、事情を話した。

「どうしたらいいでしょうか？」

「どうしたらって、しょうがないじゃないか。帰りたいって言っているんだろ。引き留めるわけにはいかないよ」

「でも、今のままでは、あのお客さんは苦しいままです」

「そりゃあ、苦しいよ。あの人はずっと苦しかったんだよ。如月庵に来て、泣けてよかったじゃないか。店の者の目がなくなったから自分の正直な気持ちが出たんだろう。泣くと、気持ちが晴れるもんさ」

「なんとか、ならないでしょうか」

「そうだねぇ。何かできることがあるか、考えてごらん」

お松は煙管《きせる》に火をつけた。

一体、何ができるだろう。

奉公人が休憩に使っている三畳間の溜まりで考えていると、紅葉がやって来た。

「若様があたしたちを呼んでいる。カルタをしたいそうだ」

「えっ、そうなの？」

梅乃は守継の悔しそうな顔を思い浮かべた。

「あいつ、チビのくせに相当な負けず嫌いだね、夕べ、あれから寝ないでカルタの札を覚えたそうだ」

「負けたままじゃ、すまないのね」

「面白いじゃねぇか。今度もとことんつぶしてやる」

紅葉は不敵に笑った。

「カルタの練習をしますから、桔梗さん、札を読んでください」

守継は言った。

紅葉に負けたことがよほど悔しかったのだろう。桔梗を相手に稽古をはじめた。桔梗が食事の支度で席をはずすと、忠輔を相手にした。夕食をすませると、またカルタを取り出した。

「もう、よいではないですか」

忠輔が言った。

「嫌です。このまま負けて終わりでは気持ちが収まりません。明日、もう一度、あの紅葉という女中を呼んでください」

守継はきっぱりと言った。夜が更けて寝床に入る時になっても、カルタを手放さなかった。

負けたことがそんなに悔しかったのだろうか。

「お屋敷にいた頃は、まわりのみんなが手加減をしたんでしょうね」

忠輔は困った顔で言った。

負けず嫌いも度が過ぎるのは困る。

たかがカルタだ。

せっかくなら、剣術でも、素読でも、和算でもなんでもいいから、もっと身になるものを競わせればよかった。

桔梗はお松のところに相談に行った。

「いいよ。そのままやらせておやり。また、こてんぱんに負けたら、その時はその時だ」

お松はおおらかに笑った。

「あの二人は来ないのですか？　カルタをしなくてはなりません」

守継はせっつく。

翌日、梅乃と紅葉を北の離れに呼んだ。

紅葉が何をするか分からない。まさか、殴ったりはしないだろうが。桔梗は次の間に座って、聞き耳を立てた。

梅乃と紅葉が部屋に入ると、守継がカルタを手に待っていた。負けん気の強そうな瞳がきらきら光っている。

「もう一度、勝負をお願いしたい」

守継は言った。

「勝負は一度。待ったも、もう一度もないよ」

紅葉が守継に言う。二人の視線がぶつかり合った。四十八枚では勝負がつかないので、一枚を抜いた。

守継と紅葉が向かい合い、四十七枚の絵札を並べ、梅乃が字札を読む。

「犬も歩けば棒にあたる」

守継の手が伸びるが、一瞬、紅葉の方が早かった。

「年寄りの冷や水」

今度は守継。

紅葉の口がへの字になる。

絵札はのんきそうな楽しい絵ばかりだが、二人の様子は火花が散りそうに熱い。

たかが、いろはカルタ。どうしてこんな風になってしまったのだろう。

「頭隠して尻隠さず」

尻ばしょりの男がすげ傘に隠れている。

ここは、笑う所だってば。

「貧乏暇なし」

梅乃は泣きたくなった。

「ちょっと、休憩をしましょうか」

「何をのんきなこと言っているんだよ」

紅葉の目が三角になった。

「気持ちを途切れさせないでください」

守継も口をとがらせた。

紅葉も守継も二十二枚ずつ。場に残っているのは、あと三枚。

「油断大敵」

守継が札を取った。にやりと笑う。紅葉が座り直した。

「無理が通れば道理が引っ込む」

今度は紅葉。

「最後の一枚ですね」

守継が言った。

この一枚で決まる。

守継を勝たせたい。紅葉には申し訳ないが、勝ってもらわなくちゃならない。なにしろ守継は病み上がりで、如月庵の大事なお客である。いろはカルタでへこまれても困る。

梅乃は、大人の算段をした。

だが、そういう理屈は紅葉には通用しない。

「京の夢、大坂の夢」

パン。

大きな音とともに紅葉は札を払った。

「あたしの勝ちだ」

紅葉は宣言する。

守継は何も言わなかった。顔を真っ赤にしてうつむいている。

「もう、女だからって馬鹿にするんじゃないよ。あたしはカルタ取りじゃ、ちっとは名が知られているんだ」

そんな話は聞いたことがないと梅乃は思ったが、黙っていた。

守継の目が濡れている。だが、涙は流さない。我慢している。

「よく戦った。あんたは立派な男だ。あたしが認める。今日から、あんたはあたしたちの仲間だ」

その言葉を聞いて、守継は顔をあげた。不思議そうな顔をしている。

「なんだ、仲間を知らないのか。いっしょに面白いことをして遊ぶ相手だ。あんたが困っていたら、あたしたちはあんたを助けるし、一緒に怒ったり泣いたりする。そうしたいって思うんだよ。仲間だからさ」

守継は一瞬ぽかんとした。やがて少しずつ頬が紅潮し、目が大きく見開かれた。

「仲間になるの？」

「そうだよ。楽しいぞぉ」紅葉が守継の肩を抱く。

「竹馬をしたことがあるか？」

守継は首を横にふった。

「じゃあ、独楽《こま》は？　凧《たこ》を揚げたことは？　何にも知らないんだな。いいよ。あたしが教えてやる。まず竹馬だな。あたしは竹馬が得意なんだ。竹に足場をつけたもので、それに乗って歩くんだ。最初は低いところから始めるんだよ。上手になったら自分の背より高い竹馬に乗れるようになる。鬼ごっこだってできるんだ」

そんな危ないことをさせてよいのか？

梅乃はまた、心配になる。

けれど紅葉は頓着しない。竹馬がどんなに楽しいかを語り、守継は憧れをこめた目で紅葉を見つめている。

「怖がりはだめなんだ。泣き虫も。すぐあきらめる奴も上手になれない。だけど、あんたは見どころがある。すぐ乗れるようになるよ」

梅乃は守継の細い手足ややせて青白い顔を眺めた。外で遊んだことがあまりないのだろう。紅葉のようなガキ大将を見るのも初めてに違いない。

「だけど、忠輔がいいって言うかなぁ」

守継が心配そうな声を出した。

「忠輔ってあのお侍だろ。いいよ。大丈夫だよ。あんたは大将になるんだろ。竹馬ぐらい乗れなくてどうするんだよ」

紅葉は強い調子で言った。

桔梗は次の間で事の成り行きを聞いていた。

紅葉の言葉を聞いているうちに、なぜか愉快になってきた。

浜中藩の蔦野一族がどれほど恐ろしくても、一生、隠れて逃げ回って暮らすわけにはいかないのだ。屋敷の中では白い着物を着て、あれもいけない、これはだめだと縮こまって暮らしていたかもしれない。

だが、ここは江戸だ。

そして、あの子は強い。

いや、強く育ってもらわなくては困る。

ここには、お松がいるし、杉治も樅助もいる。せめてここにいる間だけでも、子供らしく過ごさせてあげよう。


夕食の片付けがすんだころ、梅乃は珠江に言った。

「板前が小茄子の漬け方をお見せしたいと申しております。ご覧になりますか?」

珠江は心を動かしたようだった。

「お願いしようかしら」と言った。

明日の朝には珠江は如月庵を出る。このまま悲しい思いのまま帰ってもらいたくない。考えた末、思いついたのが杉治の小茄子の漬け方を見てもらうことだ。

何か気づいてくれるかもしれない。

二人で板場に行くと、杉治はひと抱えほどの木樽を取り出した。蓋を開けると、透明な汁の底に小茄子が沈んでいる。

「焼きミョウバンに、塩、砂糖、水。それだけで漬けている」

汁を小皿にとって手渡した。

珠江はそれを少し飲んだ。

「思ったより甘塩なのね」

「漬けてすぐお膳にのせるからね。一日、二日で食べ切るから塩気はそんなにいらないんだ。そこが、店売りのものと違う所だな」

塩が少ないと傷みやすいから、店で売る漬物はどうしても塩気を多くする。

「でも、後は同じだろ」

「そうね。その紙は何ですか?」

杉治は気がついたかという顔をした。

「小茄子が水から顔を出すと色が悪くなるから、紙蓋をしてるんだ」

「この樽に小茄子を何個ぐらい漬けるの?」

珠江は身を乗り出した。

「二十だな。とにかく隙間ができないようにぎゅうぎゅうに詰める。隙間があいたら、唐辛子か青じそを詰める。それで、液を流してふたをしたら、重しをかける。これは俺のやり方だ。昔、越後の人に習ったものを元にして工夫を加えた」

「なるほどね」

珠江はおかみの顔になり、真剣な面持ちで聞いている。

「丸吉屋さんの漬物は初代の作り方を倣っているんですかい？」

杉治がたずねた。

「いいえ。祖父が亡くなった後、父と母で漬物の味は全部一から見直したわ。以前は昆布やいろいろうまみのあるものを加えていたけれど、父は取捨選択した。じつは、店が苦しくて上等な昆布を使えなくなったのが理由だったんだけれど、お陰様で、前よりもよく売れるようになったの」

珠江は腕のいい職人を前に店の内情もさらりと明かした。

「ふうん。それでおかみさんの代になって、また見直したんでしょう？」

杉治の言葉に珠江は不思議そうな顔をした。

「あれ？　変わってないのかい？　全然」

「ええ。もちろん。だって父と母が苦労して……」

「そりゃあ、だめだよ」

杉治がさえぎった。

「去年と今年は違うんだ。天気も違うし、茄子の出来も違う。人の気分だって変わるんだ。だから、それに合わせてちょっとずつ変える。食べた人は、毎年同じ味だって思っているけど、本当は少しずつ変わっているんだ。伝統の味とか、秘伝の味っていうのは本来そういうもんだ」

「あら、そういうものなの？」

珠江は首を傾げ、そして考え込んだ。

「あんたのその着物も髪型もおっかさんそのまんまなんじゃねぇかい？　丸髷だって毎年少しずつ変わるんだ。今時、そんな頭をしている女はいないよ。ちっとは流行りってもんを考えて、今風の頭にしなよ」

杉治がずけずけと言った。

「だって……」

「親ってもんは乗り越えるためにあるんだ。板前の修業だって親方に習ったまんまをやっているうちは二番手なんだよ。自分の看板をあげようと思ったら、新しい工夫を入れて自分の味を出さなくちゃいけねぇんだ。そりゃ苦しい、難しいよ。けど、そこが醍醐味ってやつなんだ」

最初、珠江は何を言われているのか分からないという風にきょとんとした。だが、はっとしたように目を見開いた。

「そうよね、そうなんだわ。なんで、私はおっかさんのやり方に縛られていたんだろう。今は私がおかみなんだから、私のやり方をしてもいいのよね」

「もちろんだよ。おっかさんも、そうして欲しいと思っているさ」

杉治が言った。

「そうかしら？」

「あたり前だよ」

突然珠江は笑いだし、晴れ晴れとした声で言った。

「ああ、すっきりした」

「そうかい。そりゃあ、よかった」

杉治が言った。


翌朝、梅乃が朝食を持って行くと、珠江は笑顔だった。

「どうしてあのお寺に行きたかったのか、私、やっと分かったの。母が私をそう導いていたのよ。もう昔の丸吉屋じゃないんだよ。お前の好きなようにやってごらん。そう伝えたかったんだわ」

「そうですか、それは本当によかったですね」

梅乃はうれしくて笑顔になった。

「今日は墓まいりをしてから帰ります。心配かけてごめんねって謝ります」

それから寿限無、寿限無とつぶやいて小さく笑った。

「あなたにもお手間をおかけしました。でも、こちらに来て本当によかったわ」

「そう言っていただけると、うれしいです。ありがとうございます」

梅乃はていねいに頭を下げた。


しばらくして梅乃が丸吉屋の前を通ると、珠江の姿があった。

薄紫の着物を着て、流行りを取り入れた丸髷を結っていた。それは珠江によく似合っていた。

噂では、丸吉屋では奉公人のご飯のおかずがよくなって、みんな喜んでいるそうだ。朝からしっかりとご飯を食べるので、小僧の声も大きくなったという。

珠江は自分らしい店の切り盛りを始めたようだ。

第三夜

犬好きに悪人はいない

1

朝ご飯をすませると次々とお客たちが出立していく。その後は掃除の時間だ。すべての部屋のほこりを払い、すみずみまで磨きあげるのである。

梅乃がはたきをかけながら庭を見ると、ひだまりの中、猫の縞八《しまはち》がのんびり毛づくろいをしていた。虎助《とらすけ》も隣であくびをしている。

「気持ちよさそうねぇ」

思わず梅乃が言うと、雑巾を手にした紅葉があくび混じりで続けた。

「猫はいいよねぇ。遊んでいてご飯がもらえる。あたしたちなんかさぁ、朝も早くから起こされて一日中、息を抜く暇もない」

「なんだって、猫がうらやましい？　だったら、紅葉も猫になるかい？　今日から縁の下で寝たっていいんだよ」

大きな声がして桔梗が顔をのぞかせた。

「さすが地獄耳の桔梗様」

紅葉は首をすくめた。

けれど、この頃の桔梗はどこかやさしい。

「なんか、桔梗さん変わったわよね」梅乃は言った。

「どこが?」紅葉がたずねる。

「声に艶がある」

「なんだそりゃ」

「いつまで掃除に時間がかかっているんだよ。早く終わらせないと、今日のお客様に間に合わないよ」

また桔梗が顔を出す。梅乃と紅葉はあわてて手を動かした。

その日、梅乃が部屋係を務めるお客は葛飾から来た献市《けんいち》という若い男で、犬を売ることを商いにしていた。犬を入れた背負い籠を背負い、手にも籠を提げている。年は三十くらいで、背が低く、丸い目であごも丸かった。やさしく、穏やかな声を出すが、よく見ると意志の強そうな目をしていた。犬が鳴いてもほかのお客に迷惑がかからないよう桔梗は離れに案内した。

梅乃がお茶を持って行くと、献市は庭に面した廊下に布を敷いていた。籠を開けると、中からタレ耳の犬が顔を出した。

「狆《ちん》の親犬です。鈴音《すずね》という名前です。とても賢いのですよ」

献市は言った。

鈴音はあたりの匂いをかぐと、そっとのびをした。全身が絹のような白い長い毛でおおわれていて、顔は頭の中央が白く、左右が黒い鉢割《はちわ》れだった。丸い大きな黒い目と少し上をむいた鼻が愛らしい。

もう一つの籠には二か月ほどの子犬が入っていた。全部で六匹。どれも顔は鉢割れで背中に黒い斑《まだら》があった。そのほかは白いふわふわとした白い毛におおわれている。まだ歩くのがおぼつかないらしく、互いにぶつかってころころと転がってクンクンと鳴いた。

「生まれて二か月ほどです。本当はもう少し母犬といっしょにさせてやりたかったのですが、小さい方がかわいいというお客さんが多いのでね」

献市は言った。

大名家や裕福な商家の人々は、狆という小型の犬を家の中で飼うと聞いたことがある。羽二重《はぶたえ》の布団で寝て、ご馳走三昧の暮らしをしているそうだ。

「もともとは中国や朝鮮から渡って来たものだそうです。よく人になつきますし、おとなしいのです」

鈴音はある人から二年間預かってほしいといわれたもので、明日がちょうど約束の日だ。六匹の子犬もすでに飼い主が決まっていて、明日から届けるのだそうだ。

献市はそう言いながら、荷物から板を取り出して囲いをつくった。それが即席の犬小屋で、犬たちは柵の中で自由に遊んだり、休んだりする。

「長旅でしたから、犬たちは少し休ませましょう。その間に私は天神様にご挨拶をしてきます」

献市は出かけて行った。


「ねぇ、離れのお客さんが狆を連れて来ているのよ。すごくかわいいのよ」

部屋係たちが休憩所に使っている三畳の溜まりで、梅乃は紅葉に言った。

「ふうん」

紅葉は生返事で鏡をのぞいている。

「ねぇ、この髷、もう少し高いところで結ってみようか。そうしたら、目がぱちっとする？」

紅葉は色が白く、いつも眠そうな顔をしている。手足は細いのに、胸は鞠を入れたように丸く突き出ていて、お尻も厚い。上野広小路を歩くと、男たちがじろじろと紅葉の胸やお尻を見るし、声をかけてくる。

「どんだけ、鏡をのぞいても顔は変わらないよ」

お蕗がやって来て話に加わった。

「それよりさ、聞いた？　上野広小路の相模屋《さがみや》の旦那の話。ついにおかみに三行《みくだり》半《はん》をつきつけたんだってさ」

「またぁ」

梅乃が言った。

「ほんとだってば。さっき、豆腐屋の文吉《ぶんきち》さんに聞いたんだ」

お蕗は口をとがらせた。

文吉は丸安《まるやす》という豆腐屋の奉公人で、以前から来ていた人が足を悪くして代わりに十日ほど前から来るようになった。ひょろひょろとした体つきで、おでこが広く、耳が少し飛び出している。人懐っこい性格らしく、親しげに声をかけてくる。

「三行半だよ」

お蕗は真剣な顔をした。三行半とは夫から妻に出す離縁状のことだ。相模屋の若おかみは実家に戻ると出たまま、三月も戻って来ないという。

「お蕗さんは人の話をすぐ信用するんだから、この前だって、どこかのおかみが駆け込み寺に行ったって言ってたけど、お産で実家に戻っていただけじゃない」

紅葉が口をとがらせた。

「え、そんなこと、あったっけ？」

お蕗はすっかり忘れている。

駆け込み寺とは夫と離縁したい妻が駆け込む寺で、縁切り寺ともいわれる。鎌倉《かまくら》の東慶寺《とうけいじ》と上野国《こうずけのくに》の満徳寺《まんとくじ》があり、寺は夫との調停を進めるが、話し合いがうまくいかない場合でも妻は満二年寺で過ごすと離縁することができる。

「まあ、お産で実家に帰っていたって言うより、駆け込み寺に行ったたって話のほうが面白いけどさ。よし、これで決まった」

紅葉は鏡を伏せた。

「梅乃も来たから、もっちゃんの竹馬の稽古をするか」と立ち上がった。

北の離れに行くと、守継が竹馬を手にして待っていた。竹馬は樅助につくってもらったもので、青竹に板で足をのせるところをつけてある。守継は藍色の木綿の着物を着て、商家の子供のように簡単に髪を結っている。品のいい顔立ちには不似合いな鼻とおでこの大きなかさぶたはようやくとれた。

稽古をはじめてひと月ほどになるが、守継は誰かの助けがあればなんとか乗ることができるという状態だ。三、四歳の子供でも上手に乗れるから、すぐにうまくなると思ったのは甘かった。

最初の日、守継は盛大に転び、額と鼻を打った。

「年寄りみたいな転び方だなぁ」

紅葉はのんきに笑ったが、額から血が出ているのを見て、梅乃は冷や汗が出た。

桔梗に叱られる。

そう思ったが、桔梗は二人を叱らなかった。


守継が転んで顔を打ったと聞いて、桔梗はすぐ北の離れに向かった。梅乃が傷を洗ってきれいな布をあてていた。守継は口をへの字に曲げて涙をこらえている。

「お顔から落ちたんですか？　手で支えたりはしなかったんですか？」

桔梗はたずねた。

守継はなんと答えたらいいのか分からないという顔をしている。

一歩足を出そうとしたら、前のめりになったのだそうだ。だが足が固定されているわけではない。飛び降りればすむことだ。握っていた手だって離せばいい。体をひねることだってできたはずだ。どうして、そのまま前に倒れてしまったのか？

六歳にもなって、この子はとっさに自分の身を守ることができないのだ。

桔梗は暗たんとした気持ちになった。

その日、忠輔は夜になってやって来た。

守継について宿に泊まっていたのは最初だけで、忠輔はほかの三人の仲間と別の宿で過ごしている。国元の同志と連絡を取り合ったり、新しい仲間を募ったりしているのだそうだ。時には別室で会合を開いていることもあるが、紅葉は三人の仲間の顔をよく見たことがない。

「竹馬から落ちて怪我した？　武士が額を割ったというのか」

忠輔は気色ばんだ。

「転び方を知らないようです。今まで大事にされ過ぎたのではないですか？」

桔梗は言った。

「そのようだな」

忠輔もそれを認めた。守継は父とともに屋敷の中で育てられた。同じ年頃の友達もおらず、乳母は怪我や病気ばかり気にしていたという。

「かすり傷ですから、痕《あと》は残らないでしょう。でも、竹馬の稽古はしばらく続けさせます。怪我を怖がっていたら、守継さんはひ弱なままです」

桔梗が言うと、忠輔も渋々うなずいた。

「追手を気にしてばかりはいられないな」

気を取り直すように懐から竹包みを取り出した。六寸ほどの魚が三尾入っている。

「今日、町を歩いていたら岩魚《いわな》を売っていた。懐かしくて思わず買ってしまった。板前に頼んで焼いてもらえないだろうか」

炭火で焼いて守継の夕食の膳にのせた。忠輔にも汁と飯、一合の酒をつけた。

「涌衣も食べたらどうだ？」

「いえ。私は……」

「遠慮するな。久しぶりだろう」

一尾を皿にのせてよこした。

温かい岩魚の塩焼きは香ばしい匂いをたてていた。やわらかな白い身を口に入れると、懐かしい味がした。山の中のしめった空気や落ち葉と苔の混じった匂いが思い出された。

「おいしいよ。だけど、浜中の岩魚の方がもっとおいしかった」

守継が言った。

「そりゃあ、そうだ。浜中の岩魚は天下一だ。岩魚だけじゃない。鴨も鮭も松茸も日の本一だ」

　忠輔は続ける。

「若君、私は子供の頃、岩魚捕りの名人だったんですよ。渓流のある山の奥に入って小石を積んで渓流をせき止める。それで岩魚を素手で捕るんだ」

「嘘だぁ」

「嘘なんか言いませんよ。浜中の山には岩魚も山女《やまめ》もたくさんいるんだから」

「文蔵《ぶんぞう》が言っていたよ。忠輔はほら吹きだから無暗に信用しちゃいけませんよって」

「失敬な男だなぁ。文蔵に文句を言わなくちゃ」

　忠助は機嫌よく笑った。

　不思議な光景だった。

　若君とおつきの侍と宿の部屋係が膳を前にしている。けれど、それは少しだけ家族の姿に似ていた。桔梗はのどの奥が辛くなった。自分が求めているのは、どこにでもある、ありふれた、平和な家族の暮らしなのではあるまいか。

　梅乃と紅葉が離れに行くと、守継は待っていた。最近は少し肉がついて、たくましくなった。

「よろしくお願いします」

守継はていねいに頭を下げた。

「よし。頑張ろうね」紅葉が言う。

「今日こそ歩けるわよ」梅乃も元気づける。

梅乃が竹馬を支え、守継が乗る。竹馬を持つ手の位置が違うとか、あれこれ紅葉が注意をするのだが、守継は竹馬に乗るだけで精一杯である。

「それじゃあ、後ろに転んでしまう。つま先に力をこめる。足の指で竹をつかむんだ」

紅葉が声を張り上げる。

守継は必死の形相で足に力をいれる。体が前のめりになる。

それを支えるのは梅乃である。意外な重さが腕にかかる。やせっぽちの守継が竹馬に乗ると、どうしてこんなに重いのか。

「手と足を一緒に動かす」

「はい」

「違うよ。右の手の時は右の足。それじゃ、だめだ」

梅乃の腕がぶるぶる震えてきた。

「紅葉、ちょっと待って。支えきれない」

「待って、もう少しなんだから。ほら、こっちの手、こっちの足」

守継の手足をパシパシたたいている。

「あれっ？　えっ、こう？」

「そうそう。その調子。分かった？」

ようやく一歩が出そうになる。

「ああ。だめだ。前にのめりすぎている」

守継の着物を引っ張って姿勢を直させた。だが、なぜか梅乃の腕には前よりも重さがかかる。腕のぶるぶるはさらに激しくなった。

「もう、だめ。力が入らない」

気づいた時には、竹馬を持ったまま転んでいた。梅乃の上に守継が乗っている。

「なんだよ。もうちょっとだったのに」

紅葉ががっかりしたような声を出した。

「ずいぶんと厳しい指導ですねぇ」

声がして、桂次郎が立っていた。桂次郎が守継を立ち上がらせたので、梅乃もあわてて裾を直して起き上がる。あちこちぶつけて痛いが、そんなことよりひどい姿を桂次郎に見られてしまったことの方が気になる。

「大丈夫ですか？　青竹でどこかぶつけたんじゃないですか？」

「いえ、平気です」

顔が真っ赤になったのが分かった。

「梅乃さんじゃ力が足りない。今度は私が竹馬を持っていますよ」

桂次郎が竹馬を支えた。

守継が足をのせる。

「大丈夫ですよ。しっかり持っていますからね」

竹馬は地面にしっかりと立っている。梅乃は守継の手の位置を直す。

「ああ、さっきとは全然違う。竹馬が揺れていない」

守継が遠慮して言わないことを、紅葉が言う。竹馬がぐらぐら揺れるから守継は怖がったのかもしれない。そんなことを思っていたら、すりむいたらしい肘が痛んできた。

「そうです。右手と右足。足元じゃなくて、まっすぐ前を見る」桂次郎が言う。

「いい調子、いい調子」紅葉が声をかける。

一歩が出た。

さらに一歩。

「手を離しますよ」

一歩、二歩。

そこで体が揺れて守継は竹馬から飛び降りた。

「できた」

守継と紅葉と桂次郎が同時に叫んだ。

「この調子だよ。後は練習次第だ」紅葉が言った。

かすかな漢方薬の匂いとともに桂次郎が梅乃のところにやって来た。

「傷は大丈夫ですか。どこか痛くないですか？」

「大丈夫です」

膝小僧がひりひりするが、梅乃はきっぱりと答えた。

「守継さんがこの頃とても明るくなったのは、お二人に遊んでもらっているせいだったんですね。すごいなぁ」

「すごくないですよ。紅葉はいつもやり過ぎるからハラハラしちゃいます」

桂次郎は声をたてて笑った。

「それがいいんじゃないんですか?」

人を安心させるようなやさしい笑顔だった。器用そうな長くてきれいな指をしていた。

梅乃は自然と顔が赤くなった。気づかれるのが恥ずかしくてうつむいた。

献市が戻って来て、夕食になった。お腹を空かせた犬たちが騒いでも、献市はまず自分がゆっくりと食事をした。

「犬の社会では上の者が先に食べ、下の者はその後です。だから、飼い主が先にご飯を食べるのです。そうしないと、犬は自分が一番偉いと勘違いをしてしまいます」

献市はそう説明した。

自分の食事が終わると、犬たちの番だ。板場では、塩をふらないで焼いた鯵《あじ》と麦飯を用意した。献市はそれを自分の手でほぐしてていねいに骨を取りのぞき、麦飯に混ぜ、持参して来た器に入れた。

籠を開けると犬たちは先を争うように出て来て、器に顔を突っ込むようにして一心不乱に食べた。献市は脇にいて、それぞれが十分に食べたか、水を飲んだかを見届けている。その後、一匹ずつ顔をふき、鈴音にはていねいに櫛をかけた。

「犬は好きですか？」

献市がたずねた。

「はい。子供の頃、近所に犬を飼っている家がありました。番犬だけれどおとなしくて、あまり吠えないんです。子供たちが頭をなでると、気持ちよさそうにしていました」

梅乃が言うと、献市はほほ笑んだ。

「犬は人のことが大好きなんですよ。こちらが大切に思ってやれば、それをちゃんと返してくれます。犬を大切にする人に悪い人はいません。そして、犬を飼うと人は幸せになれるんです」

「お客さんは本当に犬が好きなんですね」

「子供の頃、近所に狆をたくさん飼っている家がありました。私は毎日、犬たちを見に行き、世話を手伝うようになりました。それが、私の師匠です。献市という名前は私の師匠からいただきました。犬を商売道具にせず、心を通じなさいという意味です」

いつの間にか、犬たちが献市のまわりに集まっていた。子犬たちは丸いお腹を見せて、安心したようにすやすやと眠っている。鈴音がやってきて、献市の膝にそっと前脚をのせた。何か言いたそうだ。

「そうだよ、鈴音。明日は家に戻れるんだよ。うれしいね」

献市の言葉が分かったのか、鈴音は小さな声で鳴いた。

「鈴音はいつもは籠に入るのを嫌がるのですが、今回はおとなしく私の籠に入って、長旅をしてきました。飼い主さんに会えるのが分かっているんでしょうね」

やさしい声で名前を呼んで、鈴音の頭をなでた。

2

翌朝、献市は子犬を連れて出かけていった。

梅乃が掃除をしていると、紅葉がやって来た。縁側の鈴音の入った籠を見つけると、近づいて網目から眺めた。

「小さいねぇ。目方は縞八や虎助の方があるかもしれない」

ほっそりしていた二匹の猫はご飯をもりもりたべるせいか、最近はずいぶん肉がついて目方も重くなった。

鈴音は長い毛がふんわりとしているので大きく見えるが、足は細くてきゃしゃだ。胴体も細いに違いない。

「ねぇ、あんた、こっち向きな。顔を見せてよ」

紅葉が顔を近づけたので、おでこがぶつかって籠が揺れた。鈴音が驚いて、小さな声をあげた。

「だめよ。おどかしちゃ」

「ごめん、ごめん。でも、かわいいねぇ。もっちゃんに見せたら喜ぶだろうね。お客さんが帰って来たら、頼んでみてよ」

紅葉が言った。


昼過ぎ、献市は戻って来た。

五匹の子犬はそれぞれ注文主に届けたらしいが、籠には子犬が一匹と大人の犬が一匹入っていた。

「大きい方の犬は返されたんです。旭《あさひ》という名前です」

献市は悔しそうに唇を噛んだ。

旭は苛立っているらしく、高い声で鳴いた。献市は風呂敷をかけて縁側の端においた。

「うるさくないですか？　ほかのお客様にご迷惑をおかけしませんか」

献市が心配そうにたずねた。

「ここは離れですし、今日はお客様も多くないので大丈夫です」

梅乃はそう答えてお茶を入れた。献市はやりきれないという顔つきになった。

「三歳のお嬢さんの腕に噛みついたのだそうです。それでご主人が怒ったら、吠えかかって来たので棒でなぐった。そのまま暗い物置に閉じ込めて女中さんが餌と水だけを与えていたそうです。毛が目に入ったのか、片方の目が白くなっていました、脚の骨が折れて、そのままくっついてしまったので脚を引きずっています。毛も抜けて、やせて、本当にひどい状態です」

「かわいそうに」

梅乃はつぶやいた。

「でも、返されたのは幸運なんです。あのまま、物置にいたら死んでしまったかもしれません。狆はおもちゃではないのです。小さいけれど、やっぱり犬なのです。人を噛むのは、こちらに原因があることも多いのです。犬はしゃべれませんから」

献市は湯呑を見つめた。

「新しい子犬が欲しいと言われたのは、そういう意味だったんです。申し訳ありませんが、同じことですからとお断りしてしまいました。ご主人は大変に怒って、私に帰れと言いました。お仲間にもこの話をすると言いましたから、私はまたお得意を失くしてしまいました」

献市はうなだれ、背中が丸くなった。

「犬は群れで暮らす動物です。独りぼっちには弱いのです。忘れられることは何より辛いのです。私は犬が好きで、この仕事を始めました。でも時々分からなくなるのです。不幸な犬を増やしているだけではないのか。座敷犬なんかになるより、外を自由に歩き回っている野良犬の方がよっぽど幸せなのではないかと」

涙をぽろぽろと落とした。その涙が膝に落ちた。

「そんなことありませんよ。だって野良犬はみんなやせて、お腹を空かせているじゃないですか。いい飼い主さんのもとで可愛がられて、幸せにしている子もたくさんいるんでしょう。羽二重の布団に寝て、おいしい物を食べて、暑さ寒さ、ひもじい思いをしないなんて幸せなことですよ」

「そうですね。ありがとうございます。そう言っていただいて少し気持ちが楽になりました。でも……」

献市は旭の入った籠を見つめた。

「お屋敷にうかがうと、時々出会うのですよ。旭と同じように忘れられて淋しそうにしている方たちに。羽二重の布団に寝て三度のご飯が食べられても、それだけでは人も犬も幸せにはなれないんです」

献市は何か思いつめたような目をしていた。

梅乃はふと疑問に思った。

如月庵は安い宿ではない。

お客は商人ならば店の主や大番頭である。若い男はあまり泊まらない。

「こんなことをお聞きしていいのか分かりませんが、どうして如月庵にいらしたのですか？　何か理由があるのですか？」

献市は困ったような顔になった。

「ご迷惑だったでしょうか」

「そんなことはありません。でも、不思議に思ったのです。今まで、お客様のようなご商売、と言っていいのか分かりませんが、そういう方はいらっしゃらなかったので」

「鈴音の飼い主と約束したのです。湯島天神で待っていると。湯島天神に一番近い宿がこちらだったのです。もし、すれ違ってもここなら、たずねて来てくれるかもしれません」

一休みして、献市は鈴音を連れて湯島天神に出かけていった。

ずいぶん暗くなって、鈴音を連れて戻ってきた。籠から鈴音を出すと、鈴音は献市の膝に飛び乗った。

会えなかったのだ。

梅乃がお茶を持って行ったが、気落ちした様子で何も言わず、鈴音をなでている。

「いらっしゃらなかったのですか？」

「ええ。心配になって上野のお宅の方にもうかがってみたのですが、ご不在でした」

飼い主はべっ甲問屋の山崎屋《やまざきや》の妻だという。

「明日は一日、湯島天神で待ってみようと思います」

献市は言った。

梅乃は不思議な気がした。

山崎屋の妻ならば、どうして家ではなく、わざわざ湯島天神で会うことにしたのだろう。何か、家に来られては困る理由があるのだろうか。

二年前の約束を忘れてしまったのか。

来られない事情があるのかもしれない。

梅乃は静かに庭を眺めている献市の横顔を見つめた。

思いつめたような目をしている。

何か言わなくては。

「あの、ひとつお願いしてもいいですか？」

「なんでしょう」

「この宿に男のお子さんが逗留《とうりゅう》されているんです。親御さんから離れて、おつきの方と二人で過ごしています。この子たちを見せてあげたら喜ぶかなと思ったのですが、お呼びしてもいいでしょうか」

献市の顔がほころんだ。

「どうぞ、どうぞ。今からでもいいですよ」

梅乃の案内で、守継と紅葉が献市の部屋にやって来た。

「お言葉に甘えてまいりました。子犬を見せていただいてもよいですか？」

守継は礼儀正しく挨拶をする。

「お待ちしていました。こちらですよ」

布を敷いて板で囲った中で眠っていた鈴音と子犬は、人の気配に小さく鳴いた。

守継がおずおずと手を出した。

「卵を持つときみたいに、そっと、やさしくね」

献市が言った。

子犬が守継の手の匂いをかいだ。守継が背中をなでると、遊ぼうというように前脚をあげた。守継が子犬を抱くと、子犬は守継の顔をなめた。

「くすぐったいよ」

守継は声をあげて笑った。

「坊ちゃんは犬が好きなんですね。犬は分かるんですよ。自分を好きな人のことが」

「父上は犬を飼っていたんです。大きな犬で雷光《らいこう》という名前でした」

「ほう。強そうな名前ですね」

「そうなんです。毎朝、下男がこんな太い綱を持って散歩させるんです」

守継は両手で輪を作って見せた。

「下男が二人がかりで綱を引っ張るんだけど、雷光が走ると引っ張られちゃうんだ」

「それはすごい」

献市は驚いた顔をしてみせた。

守継は鈴音の頭をなでた。

「別嬪《べっぴん》さんだ。やさしい顔をしている」

「ええ。姿だけでなく性格もいい子です。とても賢くて」

献市は目を細めた。

ガサガサ音がするので見ると、紅葉が子犬と遊んでいた。紅葉が子犬の目の前で小枝をふると、子犬が嚙みつく。紅葉が乱暴に小枝をふるので、子犬は飛ばされまいと必死に小枝に食いついている。

「へへ、子犬が釣れたぁ」

紅葉が笑った。

「乱暴なことをしたら、だめよ」

梅乃はあわてて言った。

「大丈夫ですよ。遊んでもらっているのが分かっているから、喜んでいますよ」

献市が言った。

「あれ、こっちの籠にも犬がいるんですか？」

守継が廊下の隅の風呂敷をかけた籠を指さした。

「ええ。嚙むかもしれませんから、近づかないでくださいね」

籠の中からうなり声が聞こえた。

「かわいそうに、怖がっているんだね」

守継が言った。

「そうですよ。よく分かりましたね」

「怖い時は、怒ったふりをするんだ。そうすると泣かないですむ」

梅乃は最初に会った時の守継の様子を思い出した。甲高い声で、何だ女かと馬鹿にしたように言った。あの時、守継は怖かったのだ。だから強がって見せたのだ。

守継は籠に向かってやさしい声をかけた。

「大丈夫だよ。怖がらなくて。みんなやさしい人たちだよ。一緒に遊ぼうね」

うなり声はだんだん小さくなって、やんだ。

夜遅く、忠輔がやって来た。桔梗はお茶をいれた。

疲れた顔をしていた。この頃はずっとそうだ。

「なかなか、うまくいかんもんだなぁ」

「簡単なことではないのでしょうね」

「いい話もあるのだ。藩主の春政様も我らの動きに注目してくださっているそうだ。そうなれば大きく動く」

忠輔は遠くを見る目になった。

「一番大変なのは今だ。もうひと踏ん張りなのだ」

そう言ったまま忠輔は黙ってしまった。何を考えているのかくらい眼をしていた。

ふと眼をあげ、ひとり言のようにつぶやいた。「いろいろなことがすんだらのんびりと旅に出たいな。海辺の村をたずねて、うまい物を食って」

「お酒もでしょう」

「そうだ。その通りだ。楽しいぞ」

「いいでしょうね」

忠輔はいたずらっぽい眼をして言った。

「涌衣も一緒に来ないか?」

桔梗は言葉につまった。けれど、うれしかった。

「はは。ざれ言だ。忘れてくれ」

忠輔は来た時と同じようにひっそりと帰っていった。

翌朝、献市は鈴音を連れて宿を出た。湯島天神で待つつもりらしい。

梅乃は湯島天神のお札《ふだ》を持って上野の山崎屋をたずねてみることにした。もし忘れていても、直接会ってお札を手渡したら思い出してくれるだろう。来られない事情があったとしたら、それも分かる。

上野の山崎屋は白壁の蔵造の大きな店だった。山の字を白く抜いたのれんの向こうで番頭や奉公人がお客の相手をしている。

梅乃は店の裏に回った。梅乃と同じ年ぐらいの女中が出て来たので伝えた。

「湯島の如月庵と申します。奥様にお届け物です」

女中は困った顔をした。

「奥様はこちらにはおりません」

もじもじしていると、もう少し年かさの者が出て来て助け舟を出した。

「お届け物でしたら、こちらで預かってお渡しいたします」

「いえ、直接奥様にお手渡しするように言いつかっております」

二人はこそこそと何か相談している。奥に引っ込むと、代わってさらに年かさの女が出て来た。三十に手が届くくらいか、目尻がきゅっとあがって鼻がとがっている。美人だがきつい感じがする。女中頭のようだが、奉公人にしてはいい着物を着ている。

「奥様にお届け物とおっしゃるのは、あんたかい？」

女はぞんざいな言い方をした。

「はい。湯島の如月庵の者です」

「聞いたことないねぇ。何をやっている店だい」

「宿屋です」

「宿屋が何を持って来たっていうんだい。まあ、いいさ。あの人はここにはいないよ」

「どちらにいらっしゃいますか？」

「麻布《あざぶ》の別邸だよ。病気でね、静養している」

「ご病気ですか？」

それでは、湯島天神に来られないわけだ。

いや、献市は昨日、この店に来ている。病気だということも聞いたはずだ。それでも、湯島天神で待っている。

「病気だ。だから誰にも会えない」

強い調子でくり返すと女はくるりと背を向けた。

梅乃は仕方なく勝手口を出た。

分かったことが一つある。山崎屋では奥様を訪ねていくと、みんなが困った顔をする。


斜め隣に山崎屋よりもう少し小さなべっ甲問屋があった。

梅乃はその店の裏に回った。年かさの女が掃除をしていた。髪に白い物が混じり、背中が曲がっている。

「すみません。つかぬことをうかがいますが、山崎屋さんのことですが」

女は顔をあげた。

「奥様にお届け物を言いつかって来たのですが、奥様には会えないと言われました。ご病気かなにかでしょうか？」

「いや、あたしも詳しいことは分からないけどね、もう、ずっと見かけないから、いないんじゃないかい」

「麻布の別邸にいらっしゃるとうかがいましたが」

「ああ、そうかい。そう言うなら、そうなんだろう」

そのまま背を向けた。ご近所の噂話はしないということなのだろう。

梅乃は仕方なく、元来た道を歩き出した。

天神坂の中ほどまで来たとき、声をかけられた。

「あれ、如月庵の女中さんじゃないか。お使いの帰りかい？」

ひょろりとした姿は文吉である。隣に紅葉がいる。

「なんで、紅葉がいるの？」

「うん、この人と話があったんだ」

文吉は悪びれずに答えた。

「梅乃こそ、どこへ行ってたの？」

紅葉がたずねた。

「山崎屋の奥さんに届け物があったの」

「ああ、例の犬屋さんか。どうだった。会えた？」

「ダメだった」

「山崎屋ってもしかして上野のべっ甲屋？　奥さんって誰？　八重《やえ》様のこと？　その人ならよく知っているよ。ずっと豆腐を届けていたから。姉様人形みたいなきれいな人だよ」

文吉が強引に話に割り込んだ。姉様人形とは千代紙を折って作る人形のことだ。

「風が吹いたらぺらんて折れそうに細いんだ。体が弱いって聞いたよ。きれいだから飾っておくにはいいけどね、なんて陰で言われていた」

文吉はぺらぺらと自分の知っていることをしゃべる。

「八重様は犬を飼っていた？」

梅乃はたずねた。

「いたね。黒と白の小さい犬が。奥様は夏になると豆腐しか食べられなくなるから、奥の離れに行って目の前で豆腐を切って売るんだ。旦那も忙しいらしくてあんまり離れに行かない。いっつも淋しそうに犬を抱いていたよ」

梅乃の心にひっそりと犬を相手に暮らす、八重の姿が浮かんだ。

しかし、それほど可愛がっている犬をなぜ献市に預けたのだ。

「麻布の別邸で養生しているって言われたけど」

「へぇ。そうなんだ。最近、見かけないなと思っていたんだ。行ったことはないけど、あのあたりじゃないかなって見当はつくよ。それでどうするの？　これから行くの？　なんなら案内しようか？　三人で行こうよ」

「三人で？」

紅葉がオウム返しにたずねた。

「だって面白そうだもん。豆腐屋は朝は忙しいけど、夕方は暇だし」

文吉はさっさと歩き出した。


上野から麻布までは結構な道のりである。

四半時も歩くと、紅葉は疲れてぶつぶつ文句を言った。

「まぁ、そう言うなよ。ねぇ、如月庵ってすごい人たちが来るんだろ。最近はどんな人が来たんだよ」

「えっとねぇ」

紅葉がしゃべりそうになったので、梅乃はあわてて袖をひいた。

「それは外の人に言わない約束なの。ひみつが守られるからみなさん安心して来るわけだから」

「ちぇ、ケチ」

文吉は口をとがらせた。噂話が大好きで、聞けば何でも教えてくれる。ということは、如月庵のこともあちこちでしゃべってしまうということだ。うっかりしたことは言えない。

　やがて人家がまばらになり、田畑になり、その先に緑の木々におおわれた丘が見えてきた。

「この坂道の先だな」

　文吉が指さした。

　木立の間を細い道が続いている。武家や裕福な商家の別邸があるあたりで、どの家も立派な門構えだ。広い庭と立派なお屋敷があることがうかがえるのだが、ひっそりとして人の気配は感じられない。

「ここだよ。ほら、山崎屋の山の字が書いてある」

　文吉は大きな門を指差した。木の扉には暖簾《のれん》と同じ山の字が入っている。

　梅乃が脇にある通用門の扉をたたくと、下男らしい男が出て来た。

「湯島の如月庵から奥様にお届け物があってまいりました」

「それなら、受け取っておく」

　疑り深そうな目で見ながら手を出した。

「いいえ、奥様に直接お渡しするように言付かっております」

「奥様はご病気でどなたにも会わない。よろしいか」

扉は再びしまった。

そのやり取りを文吉が少し離れたところでにやにやしながら見ていた。

「そんな悠長なやり方じゃあ、こういう所には入れないよ。ついて来な」

石塀に沿って歩いて行くと竹垣になり、さらに生垣になった。

「武家屋敷はさすがに無理だけど、商家の別邸は敷地があるから裏の方に行くと結構、出入り自由なんだ」

梅乃はちろりと文吉の顔をながめた。

「なんだよ。そんな目で見るなよ。どこでも出入りの豆腐屋はあるんだ。そこに新しく入り込もうと思ったら普通のやり方じゃダメなんだよ。とにかく勝手口までたどりついて古手の女中さんに会わなくちゃ」

ほいよと言って生垣の隙間を大きく開けてくれたが、自分は入る気はないらしい。

紅葉が中に入って行こうとする。

「ちょっと待って。それはいけないよ」

「どうして？」

紅葉が振り向いた。

「だって、勝手に人の家にはいるのは……」

梅乃の言葉を紅葉がさえぎった。

「あのね、あたしたちはそのためにここに来たんだよ。奥様って人がここにいるかどうか、確かめるだけだよ。奥様が本当に病気で寝ているんだったら、待っても無駄だ。湯島天神には来られない。でもあの男が嘘をついていてどこか別な場所にいるんだったら、その人は来る」

確信を持った強い言い方だった。

「そうよね。鈴音を預けているんだものね」

梅乃は言った。

かわいがっていた鈴音を預けたのは、献市が犬を扱う商売をしているからではない。信頼できる人だからだ。

紅葉にぐいと腕を引っ張られて生垣を越すと、覚悟が決まった。

少し歩くと物置があった。その先は裏庭で洗濯物が干してある。男物の下帯や女物の襦袢《じゅばん》だ。どうやら女中や下男のものらしい。雌鶏が一羽、地面をつついている。

その先に進むと、母屋の大きな建物が見えた。母屋は使われていないのか、どこも雨戸が閉まっていて人のいる気配はない。今日は山崎屋の人たちは来ていないのだ。

このお屋敷を守るためには何人の人手が必要だろう。男手が一人。それに掃除や洗濯、病人がいたとして、その世話をする女中が一人。二人か。病人がいるなら、衣類や寝具の洗濯物があるはずだが、さっき干してあった中には奥様のものらしい衣類も寝具もなかった。

梅乃は歩きながらあれこれと考えている。

「ねぇ、窓があるよ」

紅葉が声をひそめて指差した。

一か所窓が開いていて、万年青《おもと》の鉢が見えた。

「あの部屋だ。きっとあの部屋に奥様がいるんだよ」

紅葉の言葉に梅乃の胸がどきどきして来た。だが、近づこうとするその先に雄鶏がいた。雄鶏は首をくっとあげてこちらをにらんでいる。よく見ると、後ろの草むらに雌鶏が二羽体を伏せていた。

雄鶏は一歩も近づけまいとでもいうように、羽根をふくらませた。

「違うよ、大丈夫、怪しい者じゃないから」

梅乃は小声でつぶやいたが、雄鶏はますます警戒の色を強くしている。紅葉が追っ払おうと手を上げた。

その途端。

雄鶏はけたたましい鳴き声をあげて向かってきた。脚で蹴られ、固いくちばしで突かれた。本気になった鶏はこんなに強くて恐ろしいのか。

梅乃と紅葉は悲鳴をあげた。

「おい。お前たち何をしている」

さっきの下男がこちらに向かってかけて来るのが見えた。

「すみません。すみません。許してください」

紅葉が叫んだ。


「つまり、あんたたちは宿屋の女中なんだね。そして鈴音を連れた男が泊まったんだ」

「そうです」

梅乃は体を小さくして答えた。向かいにいるのは、この屋敷の女中である。

「そこまでは分かった。だけど、なんだって、あんたたちが麻布まで来なくちゃならないんだ。来るんだったら、鈴音を預かった男が来ればいいじゃないか」

「そうなんですけど」

梅乃の声はますます小さくなる。隣で紅葉はうなだれていた。雄鶏のくちばしで突かれて着物は穴が空いて、足からは血が流れていた。その傷がずきずきと痛む。昨日は転んで擦り傷で、今日は鶏か。

「まったくいったい、どういう宿屋なんだよ」

女中はあきれながら、井戸端に連れて行った。

「突かれたところが後で膿むかもしれないから、きれいに洗って砂を落としておくんだよ」

「ありがとうございます」

梅乃はもう一度、頭を下げた。

「とにかく、さっきも言ったけれど奥様はこちらにいらっしゃらない。病気じゃないけれど、どこにいるかは知らない」

「里に戻されたんじゃないんですね」

紅葉が顔をあげてたずねた。一瞬、女中は困った顔になった。

「お里じゃないよ。世間体が悪いから、そういうことはしないんだ」

だから家においておく。

ふと、献市の言葉が思い出された。

——お屋敷にうかがうと、時々出会うのですよ。旭と同じように忘れられて淋しそうにしている方たちに。羽二重の布団に寝て三度のご飯が食べられても、それだけでは人も犬も幸せにはなれないんです。

あの言葉は八重のことを指していたのではあるまいか。

「詳しいことは分からないけど、二年前にお屋敷を出られたらしい。あたしが知っているのはそれだけだ」

二年間、八重はどこにいるのだろう。女中は知っていても教えてはくれないだろう。

「本当に申し訳ありませんでした」

梅乃と紅葉はもう一度頭を下げた。

「物取りじゃないことが分かったから、旦那様には黙っておくよ。だけど、もう、勝手に人の家に入り込んだりするんじゃないよ。お侍だったら、ばっさり斬られていたところだよ」

女中は言った。

外に出ると、文吉が待っていた。

「どうだった？　奥様はいたか？」

「いないわよ。だいたいなんで、あんたは来なかったの？」

紅葉が頬をふくらませた。

「おいらに何かあったら、丸安の店に迷惑がかかるじゃねぇか。あ、でも、あんたたちが困っていたら助けに行くつもりだったけどさ」

調子のいいことを言った。

それから三人で元来た道を戻った。

まだ日が高いが、急がないと夕食の支度に遅れてしまう。梅乃の足は速くなる。

「そんなに急ぐなよ」

文吉はのんきな声を出した。

「まぁ、最初からおいらは山崎屋さんの奥さんはいないと思っていたんだ」

文吉は山崎屋の旦那と女中頭はいい仲で、だから番頭も女中頭に頭があがらないのだとか、八重は女中頭に追い出されたのだとか噂をしゃべった。

「だけど離縁はしないんだ。そんなことしたら、噂を自分で認めることになるだろ。八重さんだって出戻りになったら肩身が狭いんだ。実家だって居場所がないよ」

「ほんとにあんた、いろんなこと、知っているねぇ」

紅葉があきれたように言った。

「そりゃそうさ。噂話は役に立つんだ。みんなはおいらのことを馬鹿だ、馬鹿だって言うけど、人が思うほど馬鹿じゃないんだよ。ただ、みんなと考えることが少し違うだけだ」

文吉が言った。

「へぇ、どのあたりが?」

紅葉が足をゆるめずにたずねた。

「丸安じゃ、職人の親方がえばっているんだ。みんな親方になりたがるけど、おいらは嫌だね。職人は朝早く起きなくちゃなんねぇし、体もきつい。おいらは親方を使う人になるつもりだ」

「お店を持つってこと?」

梅乃が聞いた。

「そうだよ。そんで人を使って豆腐を作らせる。作らせるのは豆腐じゃなくてもいいんだけど、あんまり何にも知らないと職人に馬鹿にされるから、とりあえずは豆腐だ」

「どうやってお店を持つの?」

「お客を増やして店を儲けさせる。で、その間に金を貯めて、店を持った時は今まで自分が集めたお客を持って行く」

「そんなにうまくいくかしら？」

梅乃が言った。

「いくさ。豆腐の味は同じで値段は安いんだもの」

「その前にお金はどうやって貯めるのさ」

紅葉がたずねた。

「豆腐屋の仕事の合間にいろいろ商売をする」

「たとえば？」

「へへ」

文吉は笑った。

「だから言っただろ。噂話っていうのは金になるんだ。そんで、おいらみたいにいろんな店を回っていると、自然にいろんな噂が耳に入るんだ」

どういうことだ？

梅乃の足が止まった。

噂を聞いて豆腐を買いそうなところに行くのかと思っていたが、そうではないらしい。

「その噂は誰が買うの？　十手持ちの親分とか？」

「ああいう輩はたいした金はくれないよ。嫁取り、婿取り、借金取り。出てけ、別れろ、金返せ。番頭が辞めたなんていう話は金になる」

嫌な予感がして、梅乃はおそるおそるたずねた。

「如月庵のことも調べていた？」

「それは言えねぇな」

思わず叫び声をあげた。

「ねぇ、誰から、何を頼まれたのよ」

文吉の腕をつかんだ。

「なんだよ、いてぇなぁ。何にもないよ。子供のことなんか知らねぇよ」

腕の力が抜けた。

文吉はひょろひょろとやせて背が高く、少し耳が飛び出している。話好きのどこにでもいる、気のいい、あまり仕事熱心でない奉公人のように思える。

だが、案に相違して文吉は利口な男だ。しかも鼻がきく。

「そんな大事な子供なら、ずっと家の中に閉じ込めておけばよかったんだよ。声がするから、子供がいることはすぐ分かったよ。どこかいいとこの若君なんだろ」

「そのこと、もうしゃべったの？」

文吉はとぼけた。

「どうだったかな」

紅葉はいきなり文吉の頭をぽかりと殴った。

「痛ぇなぁ、何するんだよ」

文吉が口をとがらせると、紅葉は低い声で言った。

「新しく来た豆腐屋の手代は宿のこと、いろいろ探っていますなんて、うちのおかみに告げ口されてもいいの？」

文吉は呆れた顔になった。

「なんだよ、今度はこっちを脅す気か？　しょうがねぇなぁ、教えてやるよ。あんたたちはどういう風に聞いているか知らねぇけど、あの人たちはお城勤めをしている田舎のお侍だよ。子供をさらって逃げて追われている」

紅葉が高い声を出した。

「子供ってもっちゃんのこと？　そんなはずないよ。あの子は長旅で病気になって、それで如月庵で預かることになったんだよ。それに、連れて来たお侍にもよくなついている」

「子供の方も嘘を信じ込まされているんじゃねぇのか。仲間を集めて乱を起こそうとして失敗した。それで子供をさらったんだ」

文吉の自信を持った言い方に、梅乃は心の中で何かがくるりとひっくり返ったような気がした。紅葉が言った。

「分かったよ。でも、あんたの話だけじゃあ信じられないよ。あたしたちをあんたの雇い主のところに連れて行ってよ。その人たちを遠くからでも見れば、どっちが本当のことを言っているのか分かると思う。もし、何かあっても、あんたから聞いたとは言わない」

文吉は空を見上げて考えている。

「ま、いいか。その代わり、遠くからちらっと見るだけだよ。あっちは二本差しだからね、ばっさりやられたらそれまでだ。おいらも命は惜しいからさ」

歩き出した。

文吉の案内で千駄木《せんだぎ》に向かっていった。

料理屋に居酒屋、味噌屋、煮売り屋が並ぶ通りを進んでいく。夕方に近い時刻で、人通りがある。

文吉は声をひそめた。

「向こうに古いそば屋があるだろう。その二階だ」

「宿屋じゃないんだ」

紅葉がつぶやいた。

「そば屋の二階なら飯も酒も手に入る。如月庵みたいなところに泊まっていたら、金がかかってしょうがねぇもんな。さあ、分かっただろ。帰るよ」

文吉の手を振り切ると、紅葉が言った。

「梅乃、お腹空いたからそばでも食べて帰ろうよ」

「そうだね。そうしようか。文吉さん、もう帰っていいよ」

約束が違うと怒る文吉をおいて二人で店に入って行った。

店にはお店者らしいお客が二人ほどいた。

さほど広い店ではない。八人ほど座れる小上がりがあって、奥は厨房になっている。右手の奥に二階に上がる細くて急な階段が見えた。

「いらっしゃい。なんにしますか？」

女が顔を出した。考えるより早く、梅乃の口が動いた。

「二階の方はいらっしゃいますか？　そこで言付けを頼まれたのですが」

おかみさんはじろりと梅乃と紅葉を見た。そして大きな声で叫んだ。

「お二階さん。言付けだってさ」

返事があって少し待つと、男が降りて来た。

髪に白いものが混じっている。がっしりとした体つきで、手足が短い。えらが張った四角い顔と細い目は忠輔を思い出させた。

「言付けを聞かせてもらおう」

「湯島にいた子供は別の場所に移りました。そこにはもういません」

男は梅乃の目をじっと見た。

「如月庵の女中さんか？」

梅乃は息をのんだ。紅葉が逃げ出そうと身構える。

男は笑った。

「捕って食おうとはいわん。そばでもどうだ。腹が空いているだろう」

小上がりを示した。

男は蔦野喜《き》十郎《じゅうろう》と名乗った。

そばが来ると、喜十郎はさっさと食べ始めた。梅乃の腹が鳴った。当たり前だ。

あんなにたくさん歩いたのだ。

「この店のそばはうまいぞ。とりあえずは食べよう。話はその後だ」

紅葉が先に手をつけて、梅乃が続いた。たちまちどんぶりは空になった。

喜十郎が言った。

「忠輔は元気か。あの男のことは子供の頃から知っている。同じ道場だったからな。あの男の母親とわしの叔父ははとこになる。小さな藩なのだ。古くから住んでいる人たちばかりだ。みんなどこかでつながりがある。江戸とは違う」

「でも、藩の中で争っているんですよね」

梅乃がたずねた。

「そうだ。二十年ほど前、勝正様が藩主になった。あの方は曲がったことの嫌いな正直な方だった。とても鋭敏で、だからひとつのことに固執してしまう。ある一人の家老のやり方が許せなかった。それで若い藩士を巻き込んで騒動になった。藩のもめごとがご公儀に知れるのはとてもまずいのだよ。結局、勝正様には藩主を退いていただくことになった」

「それでお屋敷に閉じ込めて、一歩も外に出さないようにしたんでしょ」

紅葉が言った。

「それは少し違うな。勝正様はご自分でおっしゃったんだ。自分のために多くの者の血が流れた。その責を負わなくてはならない。だから外には出ない。出られないと」

喜十郎は苦いものを嚙んだような顔になった。

「あのときは少しみんなの気持ちが高ぶっていた。だから、厳しい処分をした。何人も腹を切った。小さな藩なのだ。断を下した側も、下された側もみんな顔見知りなんだ。どこかでつながりがある。悲しみも憎しみもより深い。それはいつまで経っても消えないのだ」

喜十郎の言いたいことが梅乃には少しずつ分かってきた。

「忠輔はもう一度同じことをしようとしている。過ちは繰り返してはいけないのだ。できることなら話し合いで解決したい。守継様を返してほしい、そう伝えてくれ」

「本当かなぁ。そんなの信じられないよ」

紅葉があっさりと言った。梅乃は飛び上がりそうになった。せっかく穏やかに話をしていたのに、喜十郎が怒り出したらどうしよう。だが、紅葉は言葉を続ける。

「もっちゃんは命からがらお屋敷を抜けて、江戸まで逃げてきたんだ。青白い顔をして、あごがとがって三角の顔をしていた。あの子は顔から転ぶんだ。外で遊んだことがないらしい。普通の子とは言えないよ」

「知っている。勝正様にお仕えする乳母たちは、今も私たちが守継様のお命を狙っていると本気で考えているのだ」

喜十郎は強い目をした。

「藩の恥を話したのも、お前たちが忠輔の近いところにいると思うからだ。無茶なことをしないでくれ。それだけは頼むと私が頭を下げたと伝えてくれ」


「結局、どういう話なんだよ。訳が分からなくなった」

喜十郎と別れた帰り道、紅葉はぼやいた。

梅乃も同感だ。

浜中藩の事情は忠輔から直接聞いたことはなかったが、桔梗や守継の話をつなぎ合わせて、おおよそのことが分かった気になっていた。

だが、喜十郎の話はそれらをくるりとひっくり返した。

一体、どちらが本当のことを言っているのか。

「あの子はちゃんと大人になれるのかな」

紅葉がつぶやいた。

「そんなこと、言ったらだめよ」

梅乃は叫んだ。

先のことは分からない。どちらが正しいかも分からないし、いろいろな意見があるだろう。だが、自分たち部屋係にとって今、大切なのは守継だ。どうしたら喜んで旅立ってもらえるか考えることだ。

気がつけば、もう日が暮れる。梅乃と紅葉は走り出した。


夕飯の支度はとっくに始まっていた。

「あんたたち、どこに行っていたんだよ」

桔梗に叱責されて、梅乃たちは板場に走った。杉治が待っていた。

「おお、梅乃、待ってたぞ。犬屋さんの夕飯はどうする？　待ち人は来なかったらしいけど、昨日と同じようなのでいいのか？」

杉治は梅乃の顔を見た。

「えっとぉ」

上野の山崎屋に行ったこと、麻布の別邸で聞いたことが頭に浮かんだ。

もしかしたら……。

ある考えが浮かんだ。

「精進料理をお願いします」

「ほいよ。よし、分かった」

せん切りの長いもを生麩《なまふ》で巻いた先付、菊の花とさっと焼いたしいたけの和え物に、柿や山芋、にんじんの天ぷら。

次の膳はうなぎとえのきだけの甘酢和えだった。木綿豆腐とくわいをすりおろして混ぜたものを揚げ、鰻に見立てたものである。

「これは何かの謎かけですか？　もしかして、私の待ち人と何かかかわりがありますか？」

献市がたずねた。梅乃は小さくうなずいた。

「出過ぎたことかと思いましたが、今日、私は上野の山崎屋さんに行ってまいりました。お客様がお待ちの八重様を訪ねたのです。でも、お会いできませんでした。八重様は麻布の別宅で静養されているということで、そちらにもうかがいました。でも、いらっしゃいませんでした」

献市はほうという顔になった。梅乃は言葉を続けた。

「八重様は二年前から、山崎屋さんにはいらっしゃいません。ご実家に戻られたわけでもないとうかがいました」

困った顔になって献市はうつむいた。

「そこまで調べられたんですね」

「かわいがっている鈴音とも離れて、八重様は二年間、どこでお過ごしになっているのでしょう。どこにいらっしゃるのか。お客様はご存じなのではないですか？」

献市は小さくため息をついた。しばらく言いよどんでいたが、静かに語り出した。

「知っております。八重様は鎌倉の東慶寺に入られました。駆け込み寺です。山崎屋さんと離縁するためです」

五年ほど前、献市は初めて山崎屋を訪れた。

気鬱の病で寝ているものがいる。医者に犬でも飼ったら気が紛れるだろうと勧められたということだった。

「私は気が進みませんでした。飼い主がそんな状態では犬がかわいそうです。でも、私を紹介してくださった方のお顔も立てねばならないので、うかがうことにしました。山崎屋さんの離れに行くと、八重様がいらっしゃいました。ひどく痩せて淋しそうなお顔でした」

店の表のにぎわいが嘘のように静かで、女中もお茶を出したきり戻って来ない。

「妙な話ですが、私は箱の中に入れられたまま何年もしまわれたままの雛人形を思い出しました。でも子犬を見たとたん、八重様のお顔が変わりました。犬好きなのだとすぐ分かりました」

四匹の狆の子犬を持って行った。鈴音は臆病で引っ込み思案なところがある子だったが、八重が手をのばすと、まっさきに近づいて行った。八重の指に鼻を近づけ匂いを嗅いだ。

「『私のところに来る?』八重様はそう尋ねられました。鈴音は黒い瞳で八重様を見つめました」

献市は楽しそうな笑みを浮かべた。

「それから江戸に行くたびに私は鈴音の様子を見るために山崎屋さんに行きました。八重様はよい飼い主で鈴音をかわいがっても甘やかさず、きちんと躾《しつけ》ています。櫛ですいたり、爪を切ったりというお世話もご自身でなさいます。分からないことがあると、手紙で問い合わせてくださいますので、私もていねいにお教えいたしました。犬好きの方と話をしていると時が経つのを忘れます。私は八重様とお話をするのが楽しみでした」

そうして三年が過ぎた。

「いつものように八重様のお部屋をたずねますと、いつもとは違った厳しいお顔をされていまして、二年間鈴音を預かってほしいと頼まれたのです。理由はおっしゃりませんでした。このことは店の者には言わないでほしいと固く口止めされました」

しばらくして山崎屋の女中頭に呼ばれ、犬を預かっているのかと聞かれた。

「私は知らないと答えましたが、調べはついているようで、もう、自分たちとは関係のない女だから、犬は好きにしてよい、ただし二度とこの店に来るなと告げられました。私は、それで合点が行きました。八重様は山崎屋さんとご縁をきるために東慶寺に行ったのだと確信しました」

献市は小さくため息をついた。

「人も犬もそれぞれ生まれ持った性があるのではないかと思います。狆は可愛がられるための犬です。長毛ですから夏の暑さに弱い。冬も苦手です。寒がりで家の中でしか暮らせません。手のかかる贅沢な犬です。番犬には向かないのです。けれど、狆ほど忠実で、賢く、愛らしい犬はいません。八重様を何もできないお飾りのような人だとおっしゃる方がいます。でも、違います。八重様は算盤《そろばん》をはじいたり、お客様に愛想を言ったり、そういうことをする人ではないのです」

梅乃は献市の顔をそっと見た。頬は紅潮して、強い口調になっていた。

「八重様の良さはそんなところとは全然別にあるのです。そういうことを分からない、分かろうともしない山崎屋の人々に私は腹を立てました。二年間、鈴音に怪我をさせない、病気にかからせない。大切にして、お返ししよう。それが八重様の御恩に報いることだと誓いました。でも、そんな気持ちはすぐに消えました。鈴音と暮らすことが楽しくて仕方なくなったんです」

いよいよ約束の日が近づき、如月庵にやって来た。

「湯島天神の境内に座って八重様を待っていると、私はだんだん淋しくなってきました。鈴音を渡したら、私の役目も終わります。鈴音と別れることも辛いですし、それ以上に八重様とのご縁が切れることが淋しい。この二年間、鈴音を大切に守ることに腐心してきたのに、おかしいでしょう」

「そんなことありませんよ。私も同じ気持ちになると思います」

梅乃は言った。

「鈴音と暮らすようになって八重様は少しずつ変わりました。沈み込むことがなくなって、明るくなりました。自分にできることを考えるようになっていました。八重様らしさが出て来たと言ってもいいでしょう。だから今はもっと……」

献市は顔をあげた。

「前に進まれたのです。ご自身で幸せをつかまれたのだと思います。湯島天神にいらっしゃらないことを私は喜ばなければならないと思うのです。私もまた、前に進むことにいたしました。私は里に戻って犬屋を廃業いたします。もともと商いに向いていないのです。田んぼが少しあるので、私と鈴音たちの暮らしはたつでしょうから」

きっぱりと言い切った。


翌朝早く、朝ご飯を済ませると、献市は宿を発った。自分の荷物のほかに旭と子犬が入った籠を背負い、鈴音が入った籠を抱えていた。

「もし、どなたかが私をたずねて来るようなことがありましたら、ここにご連絡をくださいと伝えてください」

細筆でていねいに書いた書付を残した。

献市はむしろさわやかな顔をしていた。

「いいお天気ですね。こういうのを秋晴れというのでしょうか」

空を見上げて言った。

「湯島天神にご挨拶をしていきませんか？」

梅乃が言った。

「そうですね。心を決めさせていただいたお礼も言わなくてはなりませんね」

鳥居をくぐり、本殿の前に立った。

鈴を鳴らし、柏手を打つ。

突然、献市が腕に抱えた籠が揺れて、鈴音が暴れ出した。激しく籠をひっかき、大きな声で何度も鳴いた。

「どうした。何があるんだ」

献市が籠をおろし、蓋を開けて中をのぞこうとしたその手をすり抜けて鈴音が飛び出した。

「おい、待て。そっちに行ったらだめだ」

鈴音は驚くほどの素早さで鳥居の先に駆けて行く。

その先に一人の女がいた。鈴音が女に飛びつく。女は驚き、けれどしゃがんで犬を抱いた。鈴音はちぎれるほどに尾をふって、女の顔をなめた。腕から飛び出すと、大きな鳴き声をあげながら、女の周りを一周し、また腕の中に飛び込み、顔をなめる。

「八重様」

献市が小さく叫んだ。

あの人が八重さんか。

梅乃は息をのんだ。美しい人だった。姉様人形のようにすらりとした姿。小さな顔に黒い瞳、ふっくらとした小さな口、指でつまんだようなかわいらしい鼻。少し日に焼けて明るい眼差しをしていた。梅乃が話に聞いて思い描いていたような弱々しさは、感じられなかった。

「お待たせして申し訳ありません。お約束の日になんとしても間に合わせようと思ったのですが、思いがけず手間取ってしまいました」

八重がかわいらしい声で言った。

「鈴音が待ち焦がれていました。それに……私も」

献市は小さな声で答えたそれきり、顔を真っ赤にしている。

二人とも何も言わずうつむいている。

「八重様はこれからどちらに」

ずいぶんたって献市が口を開いた。

「山崎の家とも里とも絶縁しました。私には戻るところがありません。ただの八重です。先のことは見当もつきません」

献市はもじもじしている。

いつまでも献市が顔を赤くして、困っているようすなので梅乃ははらはらした。八重が何を言いたいのか、どんな言葉を待っているのか、献市も分かっているはずだ。それならなぜ、献市は言わないのだ。

こんなとき、お松だったら、桔梗だったら、紅葉だってこの場にふさわしい言葉を言って、献市の背中を押しただろう。

だが、梅乃は何も浮かばない。

のどがからからになって、言葉がのどに貼りついてしまった。その場を離れた方がいいのかもしれないが、足も動かない。

そのとき、鈴音が一声、高い声で鳴いた。

献市ははっとしたように顔をあげた。何度もつばを飲み込み、やっと口を開いた。

「私はこれから里に戻ります。鈴音を連れていくつもりでした。田舎ですが、食べることには困りません。よろしかったら、しばらく私のところにいらっしゃいませんか」

八重は瞳を輝かせた。

「けれど、ご迷惑になりませんか？」

「とんでもない。でも本当にひどい田舎ですよ」

「お邪魔でなかったら。お願いいたします。その代わりなんでもお手伝いをいたします」

「そんな、もったいない……」

献市はあわてて手をふった。八重はかわいらしい笑みを浮かべた。

「もう昔の八重ではありません。お寺では拭き掃除も洗濯も何でも致しました」

「ああ、それは……」

献市は困った顔で何も言えない。

鈴音が鳴いた。献市が背負った籠の犬たちも鳴き始めた。それで、献市も笑顔になった。

「ありがたいです」

梅乃はそっと湯島天神を後にした。

第四夜

女の幸せは男次第？

1

梅乃と紅葉が表を掃いていると、いつものように晴吾と源太郎が上ってくるのが見えた。

「おはようございます。いいお天気ですね」

紅葉が元気よく挨拶する。

「おはようございます」

梅乃も声をかける。

「気持ちのいい季節ですね」と晴吾。

「金木犀《きんもくせい》のいい香りがしますよ」と源太郎。

二人を見送った紅葉がつぶやいた。

「やっぱり若様はいいよねぇ。豆腐屋とは大違いだ」

梅乃と紅葉が蔦野喜十郎に会ってから五日が過ぎた。あの日以来、文吉の姿を見ない。豆腐を届けに来る者も元の男になっていた。

人懐っこくて話の面白い豆腐屋の奉公人と思っていた男が、如月庵のあれこれを探っていた。びっくりとがっかりが掛け算になってよけいに腹が立つ。

二人がお松に顚末《てんまつ》を語ったとき、お松は言った。

「すっぱりと忘れておしまい。今まで通りにしていればいい」

他言は無用。すべてはいつも通りということだ。

だから、梅乃と紅葉は以前と同じように仕事をし、その合間に守継と遊ぶ。

けれど二人は気づいている。守継がこの宿を出る日はそう遠くない。


蔦野喜十郎が語ったという話はお松から桔梗に伝えられた。

喜十郎という名前には記憶があった。家老の家柄で、父の囲碁の相手でもあった。

あれから二十年が過ぎているから、息子がその名を継いでいるのだろう。

「守継さんの母上も乳母もお屋敷で、帰りを待っているそうだよ」

桔梗は唇を噛んでうつむいた。

頭の中でうまく整理がつかない。

「つまり、話はまったく逆で、忠輔さんが守継さんを守ったのではなく、忠輔さんがさらったということですか？」

「向こうはそう言っている」

「忠輔さんが悪人？　いや、それは……。すべては忠輔さんのつくり話だということですか？　それは違います」

ちゅう兄と言いそうになって言葉を飲み込んだ。

そんなはずはない。ちゅう兄はそんな人ではない。

そんな思いが胸のうちで渦巻いている。

「まぁ、あの子たちが聞いて来たことだからね。私も鵜《う》呑《の》みにしている訳じゃないよ。ただ、そういう話もあるってことだ。お侍の世界のことだから、私には分からないよ。それに、ここは宿屋だ。泊まったお客さんをもてなし、送り出すのが仕事だ。だから、これからも変わらずにお世話をさせてもらうよ」

お松は言った。

「分かりました。私も部屋係として務めさせていただきます」

桔梗はそう返事をしてお松の部屋を出た。

子供の頃、忠輔はいつも遊びの中心にいた。仲間を集め、新しい遊びを考え出した。涌衣はそんな忠輔の後をついて回った。忠輔も涌衣を仲間に入れてくれた。涌衣は男の子に交じって遊んでいたのだ。

忠輔は今も、そんな風に仲間を集め、走り回っているのだろうか。

お松の前では忠輔を弁護したが、以前から不思議に思っていたことがあった。たとえば、守継が如月庵に長逗留する資金はどこから出ているのか。家老の蔦野を倒すというが、その後、どうするつもりなのか。忠輔は肝心なところに触れない。

しかし、忠輔はいつもたくさんのことを語った。

勝正やその配下がどんな思いで立ち上がり、無念の死を遂げたのか。自分たちがどれほど辛酸をなめたのか。どんな風に少しずつ仲間を増やし、計画を練って来たのか。

目を潤ませ、あるいは熱を持って強い調子で、時には歌うように話した。だが、それらはどこか夢の話のようで、地に足がついていないような気がしていた。

昔から涌衣と呼び捨てにするのは、父と兄と忠輔の三人だけだった。だから今、忠輔に涌衣と呼ばれると、桔梗はふるさとに戻ったような気持ちになった。海の匂いや風の音を思い出した。

「涌衣のお屋敷のことを今も思い出す。いつもお客さんがいてにぎやかで。涌衣の兄上は剣が強かった。誰よりも速く馬を走らせた。私は剣でも馬でも一度も勝てなかった」

忠輔は言った。忘れたはずのでき事が、色鮮やかによみがえった。

何もかもうまくいって、すべてが終わったら、あの頃のような幸せが戻って来る。

忠輔はそんなことは一つも言わなかった。けれど、桔梗はそんな夢を見た気がする。

北の離れに行くと、守継が絵本を見ていた。忠輔の姿はない。

桔梗はたずねた。

「若君はどんな風にしてお屋敷を出られたのですか?」

「お屋敷で火事があったんだ。黒い煙がたくさん出て、みんなが火を消そうとしたり、逃げ出そうとしたり、大騒ぎになった。その時、忠輔が来たんだ。母上が敵に捕らえられて私の身も危ないから、いっしょに逃げましょうと言ったんだ」

「敵とは誰のことですか?」

「決まっているよ。蔦野一族だ。父上を亡き者にし、今は私の命を狙っている」

「それは誰に言われたのですか?」

桔梗の問いに守継はきっぱりと答えた。

「乳母たちだ。乳母にそう教えられた」

ふいにある思いが心に浮かんだ。打ち消そうとしたが、その思いは次第に強くなり、ほとんど真実のように思えてきた。

火をつけて騒ぎを起こしたのは忠輔たちだったのではないだろうか。

けれど守継は忠輔を信用しきっている。

「忠輔たちは交代で私を背負って何日も山の中を歩き続けたんだ。途中でひどい雨が降ったり、急な坂道をくだったり、夜中に獣の声がしたりした。でも、みんな私のことを大切にしてくれたよ。どうしたの？　桔梗、顔が青いよ」

「いいえ、何でもありません。この話をしたことは、忠輔さんには黙っていてくださいね」

桔梗が言うと、守継はおとなしくうなずいた。


「また、お世話になりますよぉ」

そう言って、太田屋《おおたや》のおかみのお銀《ぎん》がやって来た。花街《はなまち》の女のような粋な着物が好みで、濃紺にも見える渋い紫の江戸小紋は遠目には無地だが、近くによってみれば細い縞で、白い博多献上の帯をしめている。それが、すらりとした姿によく似合っていた。今年三十六になるというが、色白の細面で切れ長の目にふっくらとした口元が若々しい。

「よくいらっしゃいました。お待ちしておりましたよ」

お松が迎えた。

「一年ぶりですね。この前いらしたのも、ちょうど今頃でしたね」

お得意様の顔を見て樅助もうれしそうだ。

太田屋は新宿の袋物屋である。お銀は居酒屋で働いていたところを、十五年上の太田屋の主人の恭三《きょうぞう》に見初《みそ》められ、後妻に入ったのが五年前。それまでとくに特徴のなかった太田屋に、流行りの品物をおいて女客を増やし、店を流行らせた。最初は渋い顔をしていた番頭も、どこか馬鹿にした風情だった手代たちも今はお銀を信頼し、舵取りを任せている。

お銀は去年も一昨年も如月庵にやって来た。女友達を呼び、風呂に入ってゆっくり食事をし、一晩語り明かす。それが今のお銀の道楽、一番の楽しみだそうだ。

梅乃が二階のお銀の部屋にお茶を運ぶと、お銀は窓から上野の森を眺めていた。秋の空にはいわし雲が浮かんでいる。

「きれいだねぇ。春もいいけど、あたしは秋が好きだ。今日はね、昔なじみのお浜《はま》ちゃんが来るんだよ。お浜ちゃんはね、あたしの命の恩人。大親友。あの人がいなかったら、あたしは今頃どうなっていたか分からない」

お銀はしみじみとした調子で言った。

「まぁ、いろいろあったけどさ。結局、運命っていうのは誰にめぐり合うかだよね」

祈るようにそっと手を合わせた。

掛け軸は秋祭りの様子。花は秋明菊《しゅうめいぎく》が一枝。お茶請けは新物の落花生《らっかせい》をやわらかい殻付きでゆでたものだ。

「おや、うれしいねぇ。あたしはこれが好物なんだ」

お銀は顔をほころばせた。

「お客さんは向島《むこうじま》の生まれだそうですね」

梅乃がお銀に言った
「よく知っているねぇ」

「うちには一度聞いた話を忘れない下足番がいますから。その者に聞きました」

「そうかい。使用人も五人ほどいた小間物屋でね。あたしが長女で下に妹と弟がいた。乳母日傘とはいかないけど、商いもうまくいってゆったりと暮らしていたんだよ」

お銀は遠くを見る目になった。

十二の年に母親が亡くなって翌年、新しい母親が来た。お由《よし》という名だった。九つになる妹と五つの弟は新しい母親にすぐなついたがお銀は違った。小さな子供がいたし、女相手の商いだから女手が必要だったのだ。そういうことは、大人になった今は分かる。だが、その頃のお銀には納得できなかった。おっかさんと呼べなかった。

「お由さんだって、そんな娘はかわいくないよねぇ。あたしはすねるし、向こうも意地をはる。ささいなことでぶつかった」

まだ家の中には母親の面影が残っている。それなのに新しい母親が来た。父親も親戚も喜んでいる。新しい母親はもうずっと前からいるように、店のものに指図し、台所に立つ。

それが、お銀には腹立たしかった。

ある日、お由が母親の着物を着ているのを見た。それは母親が大事にしていた着物だった。

「それはおっかさんの着物だ。あんたは触らないで。あたしは泣いて怒っちまった。おとっつぁんに知れて叱られた。なんで、あたしが叱られるんだって、おとっつぁんを恨んだ」

そんなことが何度かあって、だんだんお銀は家に寄り付かなくなった。遊び人風の友達と遊びまわり、家の金を持ち出すこともあった。

十七の年、父親に言われた。

「そんなにこの家が嫌なら、出て行ってもいいんだぞ。ああ、だったら出て行くさ、出て行ってやるよ。そんな風に言って家を出た。それから、知り合いの宿屋で住み込みの女中になり、芸者の真似事をし、居酒屋で働くようになった。お浜ちゃんは同じ居酒屋で働いていたんだよ」

お銀は梅乃をしげしげとながめた。

「あんた、いくつになる？」

「十六です」

「じゃあ、聞かせてやる。他人事だと思わないで、ちゃんと聞くんだよ」

小さくうなずくと梅乃は座り直した。

「そのころあたしは吉也《きちや》という二十二の男とつきあっていた。ちょっと崩れたところがあって、その頃のあたしはそこに惹かれた。大きなもうけ話があるんだ、が口癖だった。そういうことを言う男は口がうまかったり、やさしかったりするんだよ。お浜ちゃんは吉也を毛嫌いしていたね。『あんた、吉也に騙されているのが分からないの？　いい仕事の話があるんだ、大きな金になるなんて夢みたいな話をどうして信じられるの？　あんたが渡した金で遊び歩いているのを知らないの？』お浜に言われて喧嘩になったこともある」

けれど、お浜の言葉が正しいと思い知らされることになった。

「店を移ってくれと言われたんだよ。品川の宿屋だって言うんだ。あっちの宿屋は女中にお客を取らせるところがあるって聞いてたから、あたしもちょっと嫌な気がしてさ。吉也に聞いたら、こう答えた。『金になる話があるんだ。だから、ほんのつなぎなんだよ。金が入ったら、すぐ返す。向こうにも話はついているんだ。だから、お客をとるなんてことはないよ。ほんのしばらくの辛抱なんだよ』」

そんなうまい話があるだろうか？　さすがにお銀にも疑いの心が生まれた。だが、吉也の目は真剣で、嘘を言っているようには見えなかった。

「世の中にはいるんだよ。自分の言っている嘘を自分で信じてしまう奴がさ。それで、女ってもんは惚れた男のいいところだけを見たいんだね。お浜ちゃんが店のおかみに相談して、おかみがその宿屋に行った。看板こそ宿屋だけど、女郎屋なんだよ。女を買いに来たお客ばかりだ」

吉也はすでに前金を受け取っていた。お銀は危うく売られるところだったのだ。

『あんたは自分の見たいものしか見ないから、そんな風にやすやすと騙されるんだ。目を見開いて見るんだよ。これで、吉也の正体が分かっただろ』。お浜ちゃんはそんな風にあたしを叱った。あんなにおっかないお浜ちゃんを初めて見たよ。まぁ、それであたしも目が覚めたってわけさ」

お銀はお浜に金を借りて、店に金を返し、吉也とも縁を切った。

その後も同じ居酒屋で働き続け、少しずつお浜に金を返していった。

その頃客として来ていたのが、太田屋の主人恭三である。年は十五ほど上で妻をなくして七年ほどたつ。遅くできた息子は十五、娘は十二だ。

「いい人だと思ったよ。だけどあたしにしたら、そんなのうまく行く訳ないよって思うじゃないか。だから最初は断った。でも、あの人はあきらめなかった。何度もやって来て、心配ない。俺が全部責任とる。お前には迷惑かけないって頭を下げるんだ。だんだん気の毒になってさ」

結局一緒になることにした。

「そしたらさぁ、二人ともいい子でね、あたしにやさしいんだよ。昔のあたしとは大違いさ」

お銀は笑った。

「あたしはさ、あの子たちの気持ちが分かるから、『あんたたちのおっかさんは、亡くなったおっかさんだけだからね。あたしのことは、お銀さんとでも呼んでくれたらいいよ』って言ったんだ。娘はあたしのことをお銀かあさんと呼ぶ。息子はかあさんと呼ぶ。自分たちを産んだ母親のことはおっかさんと呼んでるよ」

お銀は働くことが好きだ。そして目端が利く。

番頭や女中たちは新しく来た若い嫁を警戒していたらしいが、お銀が手のかかる面倒な仕事も嫌がらずにやると分かると、安心して仕事を任せるようになった。気づけばお銀が先頭に立って店を仕切るようになっていた。

「あたしは本当に幸せなんだ。その幸せの根っこがどこにあるかといえば、お浜ちゃんなんだよ。あの時、本気であたしのことを心配して、自分が苦労して貯めたお金を貸してくれた。友達に貸した金なんて、ふつうは戻って来ないんだ。そんなもんなんだよ。それを分かって、お浜はあたしに金を渡した。ありがたいよ。本当の友達だと思っている」

お銀の目がうるんだ。

「お浜さんも、どちらかに嫁がれたのですか？」

梅乃がたずねた。

「もちろんさ。あの子はあたしが太田屋に入ってしばらく後、店に来る飾り職人といっしょになった。細工物が得意な腕のいい職人で、弟子も何人かいて結構な稼ぎがあるらしいよ。息子と娘がいて、お浜ちゃんはいいお母さんだよ。あの子は気性がいいんだもの。幸せになれるよ」

　お銀は笑顔で言った。


　けれど、日が暮れて、約束の刻限を過ぎても、お浜は現れなかった。

「お食事はどうしましょう。先に始められますか?」

　梅乃はたずねた。

「そうだねぇ、もうちょっと待ってみようか。悪いけど、一本つけてくれるかな」

　酒を飲みながら、お銀はお浜を待った。

　夜もだいぶ深まった頃、十五、六の職人風の若者がお銀をたずねて来た。

「上野のお浜さんという方からお銀さんに言付けです。急な用事ができたので、うかがえないそうです」

　若者はそれだけ言うと帰ろうとする。

　樅助が梅乃を呼び、梅乃がお銀に伝えると、お銀は急いで玄関まで出て来た。

「言付けってそれだけかい？」

お銀がたずねると、若者は困った顔になった。

「たまたま本郷に用事があると言ったら、ここに寄ってくれと頼まれたんです」

「ひょっとしてあんたは、お浜ちゃんのご亭主のお弟子さんかい？」

「いえ、そういう訳じゃあないです」

「それで、急な用事ってなんだよ。まさか病人が出たとかいうんじゃないだろうね」

お銀が畳みかけるようにたずねるので、若者はますます困った顔になった。

「全然、そういうのじゃないです。おいらはお浜さんとは同じ町内に住んでいる者で、たまたま通りがかりで頼まれたので……」

「そうか」

お銀は肩を落とした。

部屋に戻ってもうつむいている。

「お夕食は、いかがしましょう」

「用意してくれていたんだよね。悪かったね。今からでもいいかい。二人分あたしが食べるから」

「そんな無理をなさらないでください」

「じゃあ、適当にお願いするよ。お勘定はもちろん、二人分出すからさ。あたしだって居酒屋で働いていたから、店の人の気持ちは分かるんだよ。こういうのが一番困るんだよね。せっかく作ったもんが無駄になる。おいしいおいしいって食べてもらうからいいんだよ」

お浜ちゃんだって、そんなこと分かっているはずなのに。お銀はそう言いたかったらしい。横顔にふっと淋しさが漂った。

けれど梅乃が料理を運ぶと、お銀は楽しそうに食べた。

「忙しいんだろ。あたしの相手をしなくてもいいよ。一人でお酒を飲むのもなれているんだ。ほんとのことを言うとさ、亭主は酒は飲まない。早寝なんだ。娘も息子もそれぞれの部屋で過ごすから、あたしは夜一人でゆっくり酒を飲むことも多いんだよ」

お銀はことさら明るい調子で言った。

2

早朝、坂を上ってくる女の姿があった。

梅乃は落ち葉を掃く手を止めて女の姿を見た。年は三十半ば。丸髷を結ったおかみさん風の女だった。

「如月庵というお宿はどちらでしょうか？」

「私たちは宿の者ですが、どなたかをおたずねですか？」

「太田屋のお銀さんが泊まっているはずですが。お浜と申します」

色白の顔に大きな黒い瞳が人目をひく。青地に白い大きな花を散らした着物が似合っている。

「ご案内します」

梅乃はお浜を宿に案内した。お銀は起きたばかりだったので、お浜には玄関脇の部屋で待ってもらい、梅乃は大急ぎで布団をあげ、部屋を整えた。

「夕べはご免ね」

お銀の顔を見るなり、お浜は言った。

「いいんだよ。気にしないでおくれ。忙しかったんだろ。こっちの都合で勝手に日を決めてしまったからね。会いたかったよ」

嬉しそうな顔で、いそいそとお銀はお浜を迎えた。

「あんた、朝ご飯、まだだろう。一緒に食べようよ。ここの朝ご飯はおいしいんだよ」

「いいよ。もう済ませてきたから」

お浜は言った。

「では、お菓子とお茶をお持ちしましょうか」

梅乃がたずねた。

「いや、お茶だけで」

お浜が言葉少なに答えた。

「昨日はずっと待っていたんだよ。あんたに会えると思ってさ。今日はゆっくりできるんだろ？」

お銀はお浜の手を取る。

「そうなんだけどさ」

お浜の言葉は歯切れが悪い。

梅乃が板場に行くと、板前の杉治が朝ご飯の支度をしていた。

「太田屋さんのおかみさんのところに待ち人来《きた》るか。それにしても、ずいぶん朝早かったねぇ。朝飯は一人分でいいのか？」

杉治がたずねた。

「はい。一人分で。もうお一方は済ませて来たそうです」

「早起き一家だな。亭主は何をしているんだ。豆腐屋か？　河岸《かし》で働いているのか？」

夜明け前にとりかかる仕事を言った。

「飾り職人だそうです」

ふうんと、杉治が首を傾げた。

「じゃあ、旦那が寝ている間にこっそり家を抜け出して来たんだ」

紅葉が分かったような顔をした。

それは少し変だ。昔の女友達に会うのにこそこそする理由はないだろう。

梅乃がお膳を持って行くと、お銀とお浜が向かいあって座っていた。お銀は身をのりだし、笑顔で話しかける。だが、お浜はお銀の目を見ない。口数も少ない。

お浜はお銀に会うのがうれしくないのだろうか。

「ごゆっくり」

梅乃は急須《きゅうす》にたっぷり入れた番茶をおいて部屋を出た。


梅乃が昼ご飯をどうするか聞きに行こうとしたとき、お浜が一人で部屋から出て来た。そのまま帰っていった。

梅乃が部屋に行くと、お銀は窓の外を眺めていた。後ろ姿が淋しげだった。

「ここから見ると、不忍池がよく見えるねぇ。蓮の葉は青々茂っているときはきれいだけど、秋になって枯れるとなんだか少しみすぼらしいねぇ」

お銀はぽつりと言った。

「お茶を入れ替えましょうか」

梅乃は言った。

「そうだね。ほうじ茶はあるかい？　熱いやつを頼むよ。それから梅干し」

「はい」

梅乃が持って行くと、お銀はほうじ茶に梅干しを入れた。

「二日酔いにはこれが効くんだ」

ふうふうと息を吹きかけてごくりと飲み、おおすっぱいと顔をしかめた。

そんなにすっぱいわけはない。悲しい顔をしているのを見られたくないのだ。

「借りていたお金がまだ少しあってさ、それを返そうとしたんだよ。ずいぶん長く借りていたから、利子を少しのせたんだ。そうしたらお浜ちゃんが怒りだしちゃってさ。施しはいらないっていうんだ。あたしはそんなつもりじゃないっていくら言ってもだめなんだ」

どうやら、喧嘩別れをしてしまったらしい。

「だんだんあたしも腹を立ててさ、お金をお浜の懐にねじこんだ。これで返すものは返したからねって言ったら、お浜も分かった、これで縁切りだよって言って部屋を出て行った」

「そうですか」

あんなに楽しみにしていたのに、どうしてこんな結果になってしまったのだろう。

梅乃はお銀が気の毒になった。

板場に行くと、杉治が言った。

「昼飯はそばでいいか聞いてくれ。うどんもできるけど」

「分かりました」

梅乃はもう一度、部屋に行った。

「板さんがそばを打ったので、お昼はおそばでもよろしいですか？　お好みなら、うどんもできますけど」

お銀はぱっと顔をあげた。笑顔である。

「そばだよ。あたしは江戸っ子だもの。新宿は赤い唐辛子が名物なんだよ。それをかけると、そばが二倍おいしい。ねぎはたっぷりでね。冷たいのがいいね。ざるだ」

杉治は新ごぼうをささがきにして、ゴマ油でからりと揚げた一皿をざるそばに添えた。

梅乃が持っていったごぼう揚げを見た途端に涙ぐんだ。

「懐かしいねぇ。あの頃のあたしたちはごぼうだの、にんじんの葉っぱだのを揚げたのをよく食べていたんだよ。天ぷらって呼んでいたけど、えびも魚も入ってないんだよ。野菜ばっかり。でも、これは上等だね。香りがいいよ。やっぱり板さんの料理だ」

そばをすする手が急に止まった。

「唐辛子がきくねぇ」

お銀はまだ涙ぐんでいる。お浜のことを思い出したのかもしれない。

桔梗は千駄木に出かけた。喜十郎がいるというそば屋の場所は教えてもらった。道の先にそば屋の看板が見えてくると、胸がどきどきしてきた。

どうしてこんなところまで来てしまったのか。

もう涌衣ではなく、桔梗なのに。

昔のことは胸の奥にしまって鍵をかけた。扉を開かぬよう注意深く暮らしてきた。

だが、ふとした言葉遣いや所作でかつての暮らしを言い当てるお客がいる。

「おねぇさんはもしかして、二本差しの家の娘かい？　相当な家だろう」

「いいえ。女中奉公していましたので」

「違うね。一朝一夕で身につくもんじゃない。あんたのは、生まれついてのお嬢さんのもんだよ」

そんなとき桔梗は切なくなった。古傷が痛むような気がした。

そば屋の看板が近づいて来る。桔梗の足が止まった。

そのまま踵《きびす》を返すと駆け出した。

昼過ぎ、上野広小路にお使いに出た梅乃はお浜を見かけた。

如月庵に来た時とは違う木綿の地味な着物を着ていた。

声をかけようと思った。

だが、何と言えばいいだろう。

「お銀様の部屋係のものです。お銀様がとてもがっかりしていらっしゃいます。もう一度、話をされてはいかがですか?」

出過ぎたことか。

でも、お銀は夕方には新宿に帰ってしまう。このまま喧嘩別れをするつもりなのか。

そばを食べていたときの涙ぐんだ顔が浮かんだ。

施しではない、お銀は純粋な気持ちでお金を渡そうとしたのだ。そのことを伝えたい。

だが、何と声をかけようか考えているうちに、お浜は角を曲がった。追いかけて角を曲がると、お浜が質屋に入って行くのが見えた。

質屋。金に困っているのか?

梅乃は質屋の看板を見上げた。

お浜は人目を避けるようにひっそりと出て行った。

梅乃が質屋に入ると、薄暗い店に初老のおやじが着物をたたんでいた。今朝方お浜が着ていた青い着物である。

「その着物……」

梅乃が言うと、おやじは顔をあげた。

「いい着物だろ。だけど、これは質流れにはならないよ。かならず取りに来ますからって言われてるんだ」

「お浜さんの着物ですよね」

「なんだ、そこまで知っているのか。そうだよ。お浜ならその先の長屋に住んでいる。どうしても欲しいなら、直接お浜に頼むんだな」

おやじは着物を手早くたとう紙に包むと、棚においた。

「お浜さんの長屋はすぐ分かりますか？」

「なんだ、そんなに気にいっているのかい？　ほかにも、いいのがあるけどな。仕方ない。教えてやるよ。お浜のいる長屋ならその角を曲がってまっつぐだ」

そこまで立ち入ってはいけないと思ったが、梅乃の足は勝手に動いていく。角を曲がり、まっすぐ進むと長屋が見えて来た。

桔梗は以前から懇意にしている海産物問屋に向かった。その店では浜中藩の塩鮭を扱っていた。古手の番頭に声をかけた。

「浜中藩のことですか？　何日か前にもおかみさんがいらしたけれど、何かあったんですか？」

白髪頭の番頭は不思議そうな顔をした。

「いいえ、私も浜中藩にご縁があったものですから」

「ああそうですか。私も買い付けに何度か行ったことがあります。いいところですね。海も山もあって、何より人が温かい」

「ご城下は穏やかなのですか？」

「ええ。藩主の春政様は名君と言われていますし、老中の蔦野様がそれをよく助けているというのがもっぱらの評判です」

意外な言葉に桔梗は言葉をのんだ。

「昨年も鮭の遡上がたくさんありました。浜中藩の鮭は脂がのって香りがいい。なんでも、魚や貝をたくさん獲るためには、山の手入れが欠かせないんだそうですよ。杉と檜の栽培にも力を入れていると聞きました。きっと今年もいい鮭が上がりますよ」

桔梗は口の中が苦くなってきた。自分は今まで何を聞き、何を信じて来たのだろう。

「たしか先年、前の藩主の方が亡くなられたとうかがいました。その方はどのような暮らしをしていたのかご存じですか？」

「さぁ、そういったことは。ああ、以前、大きなお屋敷の前を通って、ここが前の藩主のお住まいだとうかがったことがあります。物々しい警護の方がいらっしゃるという風ではなかったですよ」

「そうですか」

桔梗は言った。

「こんなところで、お役に立ちましたかなぁ」

番頭は温和な表情を浮かべた。

質屋の亭主に教えられた長屋は古びた、棟割《むねわり》長屋だった。路地をはさんで両側に六軒ずつ。戸を開けると土間があって狭い板の間がある。薄い壁で仕切られて隣の家の話し声は筒抜けだ。

お浜の亭主は腕のいい飾り職人で、弟子を何人も抱えているのではなかったのか。大事な着物を質に入れるようなつつましい暮らしなのか。

梅乃はここまで来てしまったことを後悔した。

路地で子供たちが遊んでいた。

「ご飯だよ」

戸が開いて、お浜が顔を出した。

「あ、すみません。私は如月庵という宿の者で……」

梅乃はあわてて言った。

「知っているよ。さっき会ったばかりじゃないか。何か用かい？」

「はい。あの、太田屋のお銀様のことで」

長屋の中から男の声がした。

「お浜、誰か来たのか？」

お浜の目が鋭くなった。

「帰っておくれよ。なんで、あんたがここに来るんだよ。お銀が寄こしたのか」

「違います。私が勝手に」

「勝手にってなんだよ」

お浜の声が鋭くなる。子供が泣き出した。

「お浜、何やってんだ」

男の声がする。まだ日は高いのに酔っているようだ。

「申し訳ありません。お銀さんはあなた様がいらっしゃるのをとても楽しみにしていて、だから、喧嘩別れのようになったととても淋しがっていて、それがあんまりお気の毒だったので」

梅乃はしどろもどろになった。

「分かったよ。あんたの気持ちは。だけど、もう帰っておくれ。あたしはこれ、この通りの暮らしなんだよ。そんなこと、お銀ちゃんには言えないじゃないか。あんたも、ここで見たことは言うんじゃないよ」

梅乃は踵を返すと走り出した。

お浜に申し訳ないことをしたと思った。

こんな風にお客の事情に立ち入ってはいけなかったのだ。

桔梗は千駄木に引き返した。今度はまっすぐそば屋に向かって行った。

「こちらに、蔦野喜十郎様という方はいらっしゃいますでしょうか。篠沢涌衣と申します」

一息に言った。

おかみはあごをくいと上げて二階に向かって叫んだ。

「蔦野さん、お客さんだよ。女の人だ」

急な狭い階段に足袋《たび》が見えて、背の低い、恰幅《かっぷく》のいい初老の男が降りて来た。えらの張った四角い顔に見覚えがあった。

「篠沢のご息女か」

喜十郎は言った。

「はい。今は湯島の如月庵という宿で仲居頭をしております。守継様は私どものところにおります」

桔梗は一気に言った。喜十郎は一瞬目を閉じ、深くため息をついた。

「二階で二人きりという訳にもいかん。そこでよろしいか」

小上がりを示した。

おかみはお茶を持って来て、「かけ二つだね」と言った。座るなら何か食べろということらしい。桔梗は胸が詰まって食べられそうになかったが、うなずいた。

「ご足労いただいて申し訳ない。まず、礼を言いたい。江戸にはもう長いのか」

喜十郎がたずねた。

「父と兄のことがあってすぐ母も亡くなりまして、それからしばらくして私一人で江戸に参りました。もう二十年になります」

「そうか」

そう言ったまま、喜十郎は黙ってしまった。桔梗も言葉を探してうつむいた。

「私の父は、篠沢のご尊父と碁を打つのを楽しみにしていた」

「父も同じです」

負けず嫌いの桔梗の父は暇があると碁盤の前に座っていた。教本を何冊も取り寄せて定石を研究していた。それは、喜十郎の父も同じことで二人は切磋琢磨し、腕を磨いていた。

「父はよく言っていた。囲碁には人柄が現れる。篠沢様の碁はきれいだ。お役目においてもよい働きをしてくれるだろうと期待していた」

「父も蔦野様を尊敬していると申しておりました」

そんな風に多少の争いはあったとしても、浜中藩の人々はそれぞれの分を守り、睦まじく暮らしていたのだ。

それが、いったい、なぜ、どうしてあんな風なことになってしまったのだろう。

そばが運ばれて来た。

「とりあえず、そばを食おう。この家のそばは悪くない」

喜十郎は箸を持ち、桔梗も倣った。

「発端は狩場の鴨だ」

喜十郎は静かに語り出した。

毎年冬たくさんの鴨が飛来する。浜中藩の鴨は美味とされ、江戸で高値で取引された。そこで、筆頭家老であった蔦野岩衛門は農民を立ち退かせ、そこを狩場として鴨をとらえた。

「岩衛門のやり方が強引であったことは認める。けれどあの年、幕府から河川の普請を命じられ、その費用を捻出する必要があった。けっして己の私腹を肥やすためではない」

浜中藩は山国だ。山が海まで迫っている。平らな土地はほとんどない。狩場として取り上げた土地は貴重な田んぼだった。

だが、それだけでは到底足りず、岩衛門は遡上する鮭に目をつけ、すべてを藩のものとした。鮭を冬の糧としていた人々は困窮した。

「藩主の勝正様は岩衛門と対立した。けれど、まだ若い勝正様には岩衛門を抑える力はなく、岩衛門が強引に話を進めた。岩衛門は勝正様をないがしろにする極悪人。そうした意見が広がっていった」

桔梗は唇をかんだ。

兄たちが語っていた言葉、そのままだったからだ。

勝正の元に反岩衛門を叫ぶ若者が集まり、反旗をひるがえした。

だが、それも半日で終わった。

反岩衛門派に裏切者が出て、岩衛門派が先回りして押さえこんだのだ。

「大きな争いとなれば、間違いなく藩はお取りつぶしになる。だから勝正様が錯乱したということで事を収めた」

事を収めたとはつまり、反対派を一掃することだ。

「今うかがったのは蔦野様の理屈です。私は父も兄も母も失いました。帰る家もありません」

「そうだな。私も多くの友や信頼する配下を失った」

喜十郎は悲し気につぶやいた。

「忠輔たちにも理屈がある。それがすべて間違いとは言わん。だが、二十年前のことを蒸し返してどうする？　岩衛門ももういない。とっくに死んでいる。狩場に召し上げられて土地を失った百姓たちには暮らしが立つよう別の土地を与えた。百姓をやめ、狩場の仕事に就いた者もいる。そうしたことは今の藩主の春政様のお考えだ」

すべては過去のこととなった。それぞれ穏やかな暮らしを手に入れている。

一体、自分は何のためにここに来たのだろう。

聞きたいことがあったのか。

謝ってほしかったのか。

忠輔は正しいと証明したかったのか。

桔梗は分からなくなって、まだ半分ほどそばの入っている器をながめた。

「守継様を返してはもらえないだろうか」

静かな声で喜十郎は言った。

「あの子を争いの道具に使ってもらいたくない。母親も乳母も心配している。頼む、この通りだ」

板の間に手をついて頭を下げた。

「止めてください。頭をあげてください。今度は私に子供をさらえというのですか？」

桔梗は言った。

「そうではない。そういうつもりではない」

「そういう意味ではありませんか」

声が鋭くなった。自分はいったい何に対して怒っているのだろう。母親が無事ならば、忠輔の言葉がすべて嘘ならば、すぐに守継を母親の元に戻してあげるのが本筋ではないか。

頭では分かっている。

だが、心が納得していない。

「今の私の仕事は部屋係です。お客である守継さんが安心して過ごし、気持ちよく旅立つことをお手伝いするのが役目です」

桔梗は立ち上がった。自分でも無理な理屈だと思った。

「そうか。だが、今一度、考えてもらいたい。これは私からの願いだ」

喜十郎は穏やかな声で言った。

桔梗は何も言えなくなった。泣いていることに気づいた。

お銀が出発の用意をしていると、職人風の男がやって来た。

「こちらに太田屋のおかみさんがお泊まりではござんせんか。ちょいと、お目にかかりたい。お浜の亭主の甚吉《じんきち》です」

顔が青白くむくんで、目がどんよりとしていた。息に酒の匂いがあった。

お銀に伝えると、部屋に通してくれといわれた。

梅乃がお茶を運んでいくと、甚吉が挨拶をしているところだった。

「お浜が失礼なことを申し上げました。お誘いいただいてお浜も楽しみにしていたんですよ」

「そうですかい。あたしもこういう性格だからね、つい言い過ぎちまうんですよ」

お銀は答えた。

「じつは、あっしが昨年、肘を傷めまして、仕事を休んでいるんですよ。これは、飾り職人の仕事をしているものにつきものでね、いやなに、少し休めば治るんですが、その間は仕事ができないものですから」

「それは大変だねぇ。職人さんの仕事ができないのは辛いねぇ」

お銀は言葉を選んで答えた。

本当にお浜の亭主なのか。

そんな目をしている。

梅乃が板場に戻ると、樅助が杉治と話をしていた。

「あの職人さんは、今朝来た人のご亭主かい？」

樅助がたずねた。

「そうだと言っていました」

「あれは、金の無心だな。女房の昔の知り合いが小金持ちになっていると聞いてやって来たんだ」

杉治がずばりと言った。

「まぁ、よくあるとは言わないが、ある話だ。お客さんが困っているようだったら、適当に話に割り込んで追い返しな」

樅助も続ける。

「そんな難しいことできません」

「なんだ、部屋係ならそれぐらいの機転が利かなくてどうする」

困り顔の梅乃に、二人は声をそろえた。

梅乃がお茶を入れ替えて持って行くと、話は佳境に入ったところだった。

「聞けば、お浜とお銀さんは古い仲だってねぇ。お浜は昔、なけなしの金をご用立てしたって聞いている」

「ええ。そのときは本当にありがたかった。あのときお浜ちゃんがいなかったら、今のあたしはいませんよ」

我が意を得たりというように甚吉はうなずいた。

「そこで、折り入ってお願いなんだが、金を少々都合してはもらえねぇかね」

甚吉が切り出した。嫌とは言わせないというすごみがあった。

「いやなに、ほんのちょっとでいいんですよ。お気持ちってやつでさ。五両。いや、三両でいい」

お銀の顔がくもった。

「問題はこの肘なんだ。医者は長崎から取り寄せたいい薬があるから、それを飲めば肘はすぐ治って、前と同じように仕事ができるって言う。けど、今はその金がない。三両なんて、ちょいと仕事をすればすぐなんだ」

お銀の目に憐れみの色が一瞬浮かんだように見えた。

酒でむくんではいるが、甚吉は浅黒い肌で鼻筋の通った男前である。

「旅先だからね、大金は持っていない。それに、太田屋の財布を握っているのは亭主だからね」

「だからすぐとは言いませんよ。二日でも三日でも、待ちますよ。あっしに貸すんじゃない。お浜に貸すと思ってください」

梅乃は何か言わなくてはいけないと思った。だが、言葉が浮かばない。ぐずぐずしていると、お銀は押し切られてしまいそうだ。

襖の向こうで桔梗の声がした。

「玄関にお浜様という方が見えていますが、お通ししてもよろしいでしょうか」

甚吉の目が三角になった。その途端、襖が勢いよく開いた。お浜だった。走ってきたのか髪は乱れ、額には汗をかいている。藍色の木綿の着物は色あせている。

「あんた、お銀ちゃんに何をしゃべっているんだよ。なんの用があって、ここまで来たんだよ」

お浜が怒鳴った。

「何の用って、お前」

「分かっているよ。金を借りに来たんだろう。恥知らず。帰るよ。みっともない真似をするんじゃないよ」

「みっともないとはなんだ。亭主に向かってその言い草はあるか」

甚吉がお浜の手をつかんだ。

「お客様、乱暴はいけません」

梅乃が甚吉の腕をつかむ。甚吉が腕をふると、梅乃ははじき飛ばされた。

「お銀ちゃん。ごめんね。親方をしているなんて嘘なんだ。雇われの職人だよ。肘を悪くして仕事ができなくなって、今は家でごろごろしているんだ。あたしがうっかりお銀ちゃんのことをしゃべったから、いい金づるだと思ってやって来たんだよ」

「言わせておけば、調子に乗りやがって。馬鹿やろう」

甚吉が手を上げた。素速く黒い影が動いたと思ったら、桔梗だった。甚吉の肘を桔梗がつかみ、くいと持ち上げる。そのまま甚吉の腕は固まった。甚吉はもう片方の手で桔梗を摑もうとするが、軽くかわされる。桔梗は涼しい顔だ。

「宿ではお静かにお願いします。他のお客様にご迷惑がかかります」

桔梗がつかんでいた手を離すと、甚吉は「ちきしょう。覚えてろ」と捨て台詞を残して逃げるように帰って行った。

3

「お銀ちゃんごめんね。嘘をついていた」

お浜が静かに言った。

「いいんだよ。そんなこと」

お銀も答える。

「恥ずかしかったんだよ。だって、お銀ちゃんがこんなに立派になってさ。あたしは長屋住まいだし」

「なんでそんなこと気にするんだよ。あんたとあたしの仲じゃないか」

「そうだけど。あんたが、あんまり立派になっていてさ」

「なにが立派なもんか。あの店には、あたしのものなんかひとつもないんだよ。女中と同じだよ、朝から晩まで働き詰めさ」

梅乃はお茶とお菓子を持って行った。

「こちらでゆっくりされますか?」

「ああ、そうしよう。新宿に帰ろうかと思ったけど、やめだ、やめだ。あんたと話がしたい。いいだろ、お浜ちゃん」

お浜は少し首を傾げたが、うなずいた。

「なんだよ、返事が悪いねぇ」

「うん、子供たちをおいてきちゃったからさ」

「子供はいくつになる？」

「上が五つで男の子、下が三つの女の子」

「そりゃあかわいい。でも大変だ」

「ああ、大変だよ。二人とも言うことを聞かなくてさ」

「あの亭主の子供かい？」

「当たり前だよ。何を言わすんだよ」

お浜はケラケラと笑う。お銀も笑った。

「なんだ、もう夕方だよ。ねぇさん、お茶じゃなくて、お酒にしておくれ。お浜ちゃんも飲むだろ」

「ああ、そうしよう」

「女二人で酒盛りかい。そりゃあ、いい調子だねぇ」

杉治は言って、燗をつけた。

「あてはするめにしようか。女の人にするめじゃ、あんまり色気がねぇか。豆腐くらいにしておくか」

冷ややっこに玉子焼きとお新香のつまみをつけた。


お銀もお浜も酒好きらしく、差しつ差されつ、いい調子になっていた。

「しかし、父親があんなだと子供も心配だねぇ。悪い道に進まなきゃいいけど」

お浜の目が少し厳しくなった。だがお銀は気がつかない。

「どんな親の元で育つかってぇのは大事だよ。子供ってぇのは、真っ白な布みたいなもんだから、その家の色に染まるんだ。働きもんの家で育てば働きもんになる。親が朝から働いているのを見ているから、そういうもんだと思うんだ。太田屋の子供たちのいいところは体を動かすのを面倒がらないことだね。まぁ、昔から言うじゃないか、一生懸命働きさえすればお天道《てんと》さんと米の飯はついてくるって」

お銀の声が大きくなった。

「まぁ、あんたはそう言うけど、一生懸命働いても報われない人間はいるもんだ。人にだまされたり、運の悪いことが続いたりして、働くのがばかばかしくなっちまう人間もいるだろ」

お浜は不機嫌そうな顔で言った。

「なんだよ。あんたの亭主がそうだって言いたいのかい？　違うよ。あれは根っからの怠けもんだ」

「そんなことないよ。あの人は腕はいいんだ。本当だよ。肘を悪くする前は名指しでいくつも仕事が来たんだ。ちゃんと働けばそれなりの金になるんだっていうのは、本当だよ。見せてやりたいよ」

「いや、いや、あたしの目に狂いはない。あんたは、あの男に惚れているから、そう思いたいんだよ。昔、あんたはあたしに言ったよね。『あんたは自分の見たいものしか見ないから、そんな風にやすやすと騙されるんだ』って。その言葉、そっくりお返しするよ。目を見開いて、よく見るんだね」

バンと音がした。お浜がお膳をたたいた音だった。目が吊りあがっている。

「こっちが下手に出ていれば、言いたい放題。勝手なことを言って。あんたに、あの人の何が分かるって言うんだい」

「分かるよ。女房の古い友達に金の無心をするなんて最低だ」

お浜の顔がゆでだこのように赤くなった。

それを言われたら、お浜の立つ瀬がない。

梅乃ははらはらして、空いたお皿を持ったまま立てなくなった。

「ねぇさん、お銚子《ちょうし》をもう一本」

お銀の甲高い声が出た。

「いらないよ」

お浜がさえぎった。

「あんたのことを仲良しだなんて思っていたあたしが馬鹿だった。あんたは、自分の自慢がしたいだけなんだよ。金輪際縁切りだよ」

ぱっと立ち上がると出て行こうとする。その後ろ姿に、お銀が声をあげた。

「こっちこそ、お断りさ。泣いてすがりついてきたって、手を貸しちゃやんないよ」

「借りるもんか。こっちからお断りだよ」

お浜は部屋を出ると、音をたてて襖を閉めた。玄関で縦助に履物を出してもらうのももどかしく、足をつっこむと「お世話様でした」と言って帰ってしまった。

梅乃は困ってお松のところに行った。

「なあに、心配はいらないよ。もともと仲の良い二人なんだ。また、いつか会いたくなる。また喧嘩になるかもしれないけどね。喧嘩するほど仲がいいって言うじゃないか」

「そうでしょうか」

　こんな風に二人の道は分かれてしまって、会えなくなるのではないだろうか。

「だけど、お浜さんって人はどこに住んでいるのかも分からないじゃないか」

「知っているんです」

　梅乃は長屋に行ったことを話した。

「なんだ、そこまで分かっているんだったら、お浜さんを呼んできたらどうだい。お子さんも連れて、ご飯でもごいっしょしませんかって声をかけてみるんだよ」

　梅乃はお銀の部屋に行った。

「なんだよ。まだお浜の話かい？　もういいよ。あんな分からずやとは思わなかった」

　お銀は顔をしかめた。

「結局、どんな友達でもさ、年月が経つと変わっちまうんだよ。お互いにね。ああ、がっかりだ」

「そうおっしゃらないでください。お客様は新宿に帰られたら、しばらくこちらにはお見えにならない。このままご縁がきれたら淋しいですよ。お浜様もああ言ったけれど、本当は少し後悔しているのではないですか？」

　しばらく考えていたが、お銀は言った。

「そうだねぇ。呼んでやるか。あたしも言い過ぎたよ。お浜ちゃんには悪いことをしたと思っているんだ。子供らに腹いっぱいお菓子でも食べさせてやろうか」


　梅乃は長屋のお浜をたずねた。

「お銀のことは、もういいよ」

　お浜は言った。

「あの女の腹が見えたよ。やっぱりさぁ、人ってぇのは変わるんだね」

　長屋の部屋をちらりとのぞくと、子供たちが遊んでいた。亭主は留守らしい。

「ああ、儲けそこなったとか何とか言って酒飲みに行っちまったよ。今日はもう、帰らないね」

「だったら、お子さんを連れていらしてはいかがですか？　お銀さんも言い過ぎたねぇ、お浜さんに気の毒なことをしたとおっしゃっていましたよ。板さんが、お子さんが喜ぶようなお料理やお菓子を用意しています」

お浜の表情が変わった。

「へえそうかい？　そんなことを言ってたかい？　まったくしょうがないねぇ。お銀は昔、惚れた男に貢いでさんざん苦労したんだよ。だから、あたしのことが心配なんだろうねぇ。心配するほどのこたぁ、ないんだよ。長屋ってのはありがたいところで、あたしが言わなくても、隣近所のおかみさんたちが、ぎゅっと言わせてくれるから」

留守にするからと隣に声をかけて、うれしそうな顔で二人の子供を連れて如月庵に向かった。

忠輔が慌ただしい様子で如月庵にやって来た。

「蔦野たちが江戸に来ているらしい。急ぎここを出なくてはならないな。仲間と落ち合って……。しかし、この先どこに落ちればいいのか」

ちらりと桔梗の顔を見た。

「今、心当たりを当たっています。とりあえず守継様の荷物をまとめてあります。

お食事も済ませていただきました」

桔梗の言葉に忠輔は少し表情をゆるめた。

「さすがだな。涌衣は賢い、頼りになる。守継様はどこだろう」

守継は絵本を眺めていた。忠輔は表情を変えた。

「いいお話がありますよ」

忠輔は守継を抱き上げた。

「我らの仲間が悪者たちを成敗いたしました。母上を助け出しました。今、こちらに向かっていらっしゃるそうです。私たちも支度をしてここを出ましょう」

「母上に会えるのですか？」

守継はいぶかしそうな表情を見せた。

「もちろんです。箱根に着いたそうですから、もうすぐですよ」

忠輔は明るい、はずむような声で語り掛けた。

桔梗は不思議なものを見るような気がした。忠輔はよどみなく嘘を語る。こんなことがあろうかと、あらかじめ考えておいた言葉なのか。それとも、今、思いついたものなのか。その言葉にはやましさの欠片も感じられない、むしろ晴れ晴れとした顔をしている。

だが、嘘は嘘だ。いつか守継も真実に気づくだろう。

それは心配ないのか。

この場さえ取り繕えばいいのか。

この男は自分のついた嘘を自分で信じてしまうのか。

平気で嘘をつく男だったのか。

桔梗は分からなくなって忠輔の顔をながめた。

そのとき、襖の向こうで物音がした。

「忠輔。そこにいるのか。蔦野喜十郎だ。若君を迎えに来た」

忠輔はぎょっとした顔になった。抱いていた守継を思わず落としそうになり、腕に力を入れた。

「どういうことだ。なぜ、ここが分かった」

忠輔はあわてた様子になった。

「私がお伝えしました」

桔梗が言うと、忠輔の形相が変わった。

「なぜだ。どうしてそんなことをする。お前は俺の味方ではなかったのか?」

答える代わりに桔梗は襖を開けた。そこには喜十郎が立っていた。その後ろには板前の杉治が控えている。

「もう終わったんだよ、忠輔。お前の仲間たちは私の手の者が捕らえた。話はゆっくり聞く。若君といっしょに国に帰ろう」

穏やかな声で喜十郎が言った。

「そんなことができるか！」

忠輔はそう叫ぶと、守継を左手に横抱きにした。右手に持った刀を守継の顔にあてた。

「寄るな。一歩でも動いたら守継様の命はないぞ」

「何をする」桔梗が叫んだ。

「落ち着け。ゆっくり話し合おうではないか」喜十郎が諭す。

「忠輔、痛いよ。手を放してくれ」守継がもがいた。

「放さぬ。どうでもこの子は渡さん。渡したら、俺を殺す気だろう」

「殺しはせぬ。話をしようと言っているではないか」

喜十郎は落ち着きはらい、静かな調子をくずさない。忠輔は激昂した。

「信じるものか。お前たちの言葉なんか、聞く耳を持たない。俺はどうでも生き延びなくてはならないんだ。そうしなかったら目的が果たせない。我らには使命があるんだ」

「忠輔、見苦しいぞ。お前の嘘は分かっている」

桔梗は叫んだ。一瞬、忠輔は呆けたような顔になった。だが、すぐにいつもの顔に戻った。

「涌衣、お前だけは分かってくれると思っていたのに。なんで、そんなことを言うんだよ。蔦野一族が何をしたのか涌衣は忘れたわけじゃないだろう？　父上や兄上がどんな思いで死んだのか思い出してごらん。その恨みをはらすために我らは苦しい旅を続けて来たんだ。ここで終わってしまったら、父上や兄上や、ほかのみんなの命が無駄になってしまう。悔しくはないのか？」

「悔しくないといえば嘘になる。でも、時が経って昔には戻れない。死んだ人たちは戻らない。誰にも今の暮らしがある」

突然、守継が大きな叫び声をあげた。手足を動かし、忠輔の腕から逃れようとした。一瞬、忠輔の持つ刀が守継の顔から離れた。その機を杉治は見逃さない。手にした細い投げ矢を放った。

ぷつり。

投げ矢は忠輔の肘に深く刺さった。

忠輔の腕の力が抜け、自由になった守継は桔梗の腕に飛び込んだ。

「観念しろ。幕は下りたんだ」

喜十郎の言葉に忠輔は膝を落とした。

桔梗は守継を抱いて部屋を出ようとした。その後ろ姿に忠輔が声をかけた。

「涌衣はやはり賢いな。すっかりだまされたよ。いつから気づいていた」

「最初から、ずっとよ」

桔梗は答えた。

「そうか。うまくいっていると思っていたのにな。女は怖いよ」

桔梗は振り向いた。忠輔の顔が見知らぬ男に見えた。

遅く生まれた子供で兄は十歳も年上だったから、近所に住む一つ年上の忠輔が兄のような存在だった。桔梗は忠輔の後をついて歩き、仲間に入れてもらった。

忠輔は仲間内の大将で遊びが上手だった。

――いいか。ここが砦だ。敵が下から攻めてくるからな。

忠輔が叫ぶ。桔梗は忠輔に言われると、神社の裏手の藪が絵本で読んだ砦のように見えた。もしかしたら、忠輔もあの時あるはずのない砦や海賊船を見ていたのだろうか。

遊びでは大将でも、忠輔の家は五人扶持で豊かとはいえなかった。二十年前の反乱を繰り返そうとした根底には思うに任せぬ未来への苛立ちがあったのではないか。

さまざまな思いがあぶくのように浮かんで消えた。

忠輔は何を間違えたのだろう。

カタリと音をたてて胸の奥の納戸の戸が閉じた。

ふるさとの海の匂いはもうしない。潮騒も聞こえなくなった。桔梗の胸にあった甘やかな思いが消えた。

梅乃が板場に行くと、杉治が箸を削っていた。箸は先が鋭く尖って箸というより、投げ矢のようだ。

「今度はなんだ」

「女のお客さん二人分の酒の肴をお願いします。お子さんにも何か喜びそうなものを」

「ようやく宴会の始まりってわけだ」

杉治は紅色のかまぼこで器用に蟹や鯛をつくった。玉子焼きにのり巻き、奥の棚から甘く煮た栗も出して来てのせた。

にぎやかな宴になった。

お銀とお浜が酒を飲んでいる横で二人の子供がおかずを取り合い、あんたが栗を食べた、蟹を取ったと言って喧嘩になり、泣き出した。

「まったくうるさいねぇ。ゆっくり酒も飲めやしない。これがあんたの言う幸せってもんかい？」

お銀が笑い出した。

「この幸せが分からないようじゃ、あんたもまだまだだ」

お浜が言い返す。

しばらくすると子供たちはこっくりこっくりしはじめた。梅乃は部屋の端に布団を敷いた。

「寝顔はかわいいねぇ」お銀が言う。

「そうだろう。疲れも忘れるよ」お浜が答える。

「あたしもこんな小さい子を育ててみたかったねぇ」

「今からでも遅くないよ。あんた、まだ若いんだし」

「止めておくれ」

二人は笑って酒をくみかわしている。

「あんたこそ、あのしょうもない亭主とこれからもやっていくつもりかい？」

お銀の言葉にお浜はだらしなく笑った。

「もちろんだよ。あれで、案外いいところもあるんだよ」

「へぇ、そんなもんかい」

お銀は鼻で笑う。

「いろいろあってもさ、あいつの顔を見るとまあ、いいかって思えるんだよ。不思議だねぇ」

「ああ、馬鹿馬鹿しい。あんたから、その言葉を聞くとは思わなかったよ」

翌朝、お銀は新宿に、お浜は上野に帰って行く。

「今度会えるのはいつだろうねぇ」

お銀が言った。

「なあに、あたしの家はすぐそこだ。呼んでくれればいつでも来るよ」

「そうだったね」

「あんたのことは、いつでもあたしのここんところにあるんだよ」

お浜が自分の胸をたたいた。

「そうだった。あたしもあんたのことはここに納めている」

「ありがとね」

二人は言い合って別れた。

その姿を見送りながら梅乃は縦助に言った。

「仲良しっていいもんですね」

「そうだなぁ」

「長い時間が過ぎても、お互いの境遇が変わっても、また会うとすぐ昔に戻れるんですよね」

「そんな友達は持とうと思ってもなかなか持てねぇんだよ。あの人たちは幸せもんだよ」

縦助はしみじみとした言い方をした。

エピローグ

「ねぇ、梅乃大変だよ。もっちゃんがいなくなった」

朝の光の中を紅葉が駆けて来た。

「嘘よ」

「ほんとだってば」

紅葉に言われて、二人で北の離れに行った。部屋はきれいに片付いていて誰もいない。一体どこに消えたのだ。

「何、驚いた顔をしているのさ。お客さんが帰ったんだ。それだけのことじゃないか」

桔梗が顔を出して言った。

「帰るって、どこにですか？」梅乃はたずねた。

「安心しな。守継様はお国のお母様の元に帰ったんだよ」

「じゃあ、いろいろなことは終わったんですね。そうか。それならよかった」

梅乃はほっとした。

「終わったんだよ。もう心配することは何もない。それから、二人に言伝てがあるよ。仲間にしてくれてありがとう。これからも私たちは仲間だよってさ」

「へへ」

紅葉が照れたように笑った。

「さあ、今日も忙しいんだから、さっさと掃除をすませておしまい」

桔梗が明るい声で言ってぱんぱんと手をうつ。梅乃と紅葉はあわてて持ち場に戻った。

ふと目を上げると空の高いところを渡り鳥の群が飛んでいた。この鳥たちは守継のふるさとの方にも行くのだろうか。

「どうぞいつまでもお幸せに。そしていつか立派な殿様になりますように」

梅乃はつぶやいた。


上野広小路から湯島天神に至る坂の途中に如月庵はある。知る人ぞ知る小さな宿だがもてなしは最高。かゆいところに手の届くような気働きのある部屋係がいて、板前の料理に舌鼓を打って風呂に入れば、旅の疲れも浮世の憂さもきれいに消えてしまうとは常連の言葉。

けれど、この宿は少しひみつを隠している。そのひみつを、梅乃も少しずつ分かって来た。